JN076475

秘帖 百済王伝説

飛鳥から日向国神門郷へ

今小路勝則 著

歴史上、日本と韓国は、古代の時代から
いつも互いを尊敬し、助け合う仲であった。

目次

百済王伝説　禎嘉王（後編）――― 147

秘帖　百済王伝説

飛鳥から日向国神門郷へ

序章

天武元年（六七二年）――

壬申の乱が終わった。

難波の湊に夕暮れが迫っていた。

そのときであった。二人の男が飛び込んできた。二人をはじめ連れの一族郎党の一行はどの顔も憔悴しきっていた。

近江朝廷に仕えているはずの、百済からの亡命者の沙宅紹明と答㶱春初が真っ青な顔で現れると、禎嘉王の前にくず折れ、そして叫んだ。

「大変なことが起きました！」

それは難波湊の静けさを引き裂くほどの報せであった。

「一体、何事ですか！　大友皇子（天智天皇の息子）の師匠であるはずのお二人がお側を離れて何としたことですか！　藤原鎌足大臣が亡くなり、天智天皇が御隠れになってまだ日は浅いのに、大友皇子が今最も頼りにしているのはそなたたちお二人ではないのですか！」

禎嘉王の叱責(しっせき)が飛んだ。

「申し訳ありません。その大友皇子が、事(こと)もあろうに反乱軍によって首切られたのです」

禎嘉王は息を飲んだ。

「何(なん)ですと！　そんな酷(むご)いことがあってたまるものですか！　詳(くわ)しく説明してください。近江朝廷はどうなっているのですか！」

「はい、大海人皇子(おおあまのおうじ)（天智天皇の弟）が、美濃(みの)で挙兵し、反乱を起こすと、それに饗応(きょうおう)するように大伴吹負(おおとものふけい)が朝廷を裏切り、その大海人軍に付いたのです。そして、それに引きずられるように飛鳥(あすか)の豪族たちも加担してしまいました。そうなると脆(もろ)いものです。大友軍はあっという間もありませんでした。近江の都は大混乱です。私たちも逃げることだけで精いっぱいでした」

禎嘉王は、もうそれ以上聞いてはいられなかった。天智天皇の顔が浮かんだ。

〈大王(おおきみ)（天智天皇）から、亡命者の身であった私を『唐(とう)・新羅(しらぎ)防衛将軍』にまで取り立てていただいたのに、そのご恩に少しも報いることなく、ましてその後継者である大友皇子を救えなかったとは万死(ばんし)に値するのではないのか！　あの不穏(ふおん)だったとき、私がここを離れ、難波の軍勢を率(ひき)いて、近江に駆(か)け付けていたならば、戦局は変わっていたのではないのか？

だが、もう遅い。もう近江朝廷は消滅しているのだ！〉

禎嘉王の苦渋の顔に涙が溢れていた。

沙宅と答炑は言葉もなかった。だが、黙っているわけにはいかなかった。

「将軍、追手が来るのではないでしょうか？」

「このままですと、追討の軍が向けられるのでは……」

禎嘉王は、自分の感傷を打ち消すように首を強く振ると、涙を払った。

「そうだ。確かにそうだ。愚痴を言っていても始まらない。どうかしなければ……天智天皇の御寵愛を大きく受けた者ほど許されないだろう。まして、私のように亡命者であるのに、大和朝廷から百済王の称号まで許していただいた者が見逃されることはないのだ。私の見てきた権力闘争は、どこの国でも決して情け容赦はしなかった。すぐにでも討伐軍が押し寄せてくるかもしれない。いや、もう手遅れかもしれないな」

二人の表情は落ち着きを失っていた。

「いいえ、助かる道は残っているかもしれません」

「いや、いや、そんな甘いものじゃないよ。もうそこまで追手が来ているかもしれないぞ」

「それでは困ります。私たちも平和を求めて亡命してきたのです。しかも私たちにも一族郎党がいます。御先祖様に対しても、これを守る義務があるのではないでしょうか？」

「私たちの愚言を聞いていただけませんか？」

「よし聞こう」

「幸いなことに、大海人皇子が勝利したとはいえ、美濃の不破(ふわ)を動いておりません。ということは、反乱軍の将軍たちは、自分たちの手柄(てがら)を見せるため、大友皇子の御首(みしるし)を持って、不破に凱旋(がいせん)するのではないでしょうか？　将軍たちがそれを先行して、私たちへの追討の軍勢を後回(あとまわ)しにすれば、逃(のが)れる隙(すき)があるのでは……」

「よし、分かった。それに賭(か)けよう。百済から平和を求めて亡命し、大和朝廷にお仕えしたが、ここも平和ではなかったようだ。次の朝廷は、我々がいなくなれば、他の亡命者を害することもないだろう」

「どちらへ行くのですか？」

「平和の国、そうだよ、戦(いくさ)のない国だよ。民の心はおおらかで、優しさに満ち溢れている国――それは日向国(ひむかのくに)と言うのだ。もうここには、我々の住める安住の土地は一寸たりともないのだ。漸(ようや)く分かったぞ。我々の運命は大化の改新の時からこうなるように決まっていたのだ。そうであるならば、それに抗(あらが)って日向国へ行こう！」

飛鳥時代の盛衰（前編）

一、大化の改新

一

大化元年（六四五年）事件は起きた。

「天誅！」

「蘇我入鹿、覚悟！」

太極殿の陰から飛び出した中大兄皇子と中臣鎌足は、掛け声と同時にいきなり入鹿に切り付けた。

入鹿の頭と肩先から鮮血がぱっと飛び散り、砂利を染めた。

二人は、顔に、体に真っ赤な返り血を浴びた。

入鹿も反撃しようとして、素早く剣に手を掛けようとしたが、すでに佐伯子麻呂に剣は取られた後で、彼の手は空しく虚空を掴(つか)んだだけであった。

後から飛び出してきた三人の部下たちも一斉に入鹿の胸元をめがけて槍を突き立てた。

入鹿は即死であった。

あっという間の出来事であった。

居並ぶ重臣たちの誰もが固唾(かたず)を呑(の)んだ。いずこからも言葉ひとつ出なかった。

それは皇極(こうぎょく)天皇（女帝）が出座し、その側に古人大兄皇子(ふるひとのおおえのおうじ)が控えている目の前での惨劇(さんげき)であった。

居並ぶ豪族に動揺が走った。

「何をするのです！」

皇極女帝の甲高(かんだか)い声が響いた。

「私の面前で何ごとですか！　どうしたのです！」

再び女帝の声が響くと、息子の中大兄皇子は、深く一礼し、豪族たちに向かって、剣を高々と振りかざした。

「静まれ！　静まれ！　刃向かう者は切る！」

中大兄皇子は、殿内が静まるのを待って、興奮気味に口を開いた。

「我々は、皇室に刃向かうものを成敗(せいばい)しただけなのだ。皆さんには一切危害は加えないから、静かに私の言うことを聞いてください」

だが、その声が聞こえなかったのか、入鹿の血を見た皇極女帝は、蒼(あお)ざめた顔で、「後は、あなただけで始末を付けなさい」と言って、大極殿の奥へと消えていった。

中大兄皇子は、一段と声を張り上げた。

「入鹿は！　入鹿は、恐れ多くも、かつて大和朝廷(やまとちょうてい)を構築し、不動の国家としてつくり上げた聖徳太子(しょうとくたいし)のお子である山背大兄王(やましろのおおえのおう)とその一族を滅ぼし、自(みずか)らがその皇位(こうい)に即(つ)こうとした逆賊です。入鹿の増上慢(ぞうじょうまん)は、そこまで達していたのだ。このままだと皇室の滅亡にもつながりかねません！　皇室の危機を救うには、この強行手段が必要だったのです。よって、入鹿を成敗したのです！」

殿内は静まり返っていた。

中大兄皇子の言葉は落ち着き払っていた。

中臣鎌足は驚いていた。

入鹿暗殺が実行に移されるまでは、あれほど中大兄皇子の足は震え、唇(くちびる)は色あせ、臆病そのものの姿であったのに、そのしっかりした言葉を聞きながら、彼はひとり唸(うな)っていた。

鎌足は、朝鮮(ちょうせん)情勢を皇子に話したことを思い浮かべた。

百済(くだら)では義慈王(ぎじおう)が反乱を起こして王位の実権を握ると、すぐに新羅(しらぎ)を侵略し、高句麗(こうくり)では宰相の泉蓋蘇文が国王をはじめ大臣以下百人以上を惨殺していたことなどを聞いたとき、中大兄皇子は身を震わせて恐怖におののいていたのに……まして入鹿成敗なんて想像もできなかったことであったのに……

〈この変わりようはどうしたことだ！　とても十九歳とは思えない度量だ。沈着そのものではないか！　これをまさしく天皇家の血筋というのではないだろうか？　あれほど恐怖に震えていた皇子がいざ決行してみると、どうしてこれほどまでの冷静さで指示ができるのか？　これが天性、権力の座につく風格というものだろうか？　これでこそこの大和朝廷に相応しい支配者が生まれたと言うべきなのだろうか？　これで完全に立ち直るのかもしれない〉

　鎌足は嬉しくてならなかった。

〈この皇子を説得し、入鹿成敗に立ち上がらせるのに、相当の我慢と忍耐がいったが、間違いではなかったのだ！　だが、今からが大変なのだ。油断できないのだ！〉

「皇子！　今から蘇我一族がどう出てくるか分かりません。一刻も早く防備を整えて置かないと、巻き返しにきたら大変です」

「中臣殿、慌てなさんな。心配はいりません。手は打ってあります。それにはっきりしていることは、一度、頭を失った動物は、どれほど挿げ替えたところで、長生きはしませんよ。それが巨体であるほど、断末魔の叫びは激しいのです。それは、中国の歴史がとっくに証明していますよ。もう一度言いますよ、手は打ってありますから。……しかし、念には念を入れて、高塀で囲まれている飛鳥寺の方へ一緒に行きましょう」

鎌足は、そこでも唸った。

いつもは優し過ぎるほど丁寧な言葉を使う皇子からは想像もできないほどの言葉が返ってきた。

〈この皇子には、どこまで勇気と胆力が備わっているか測りしれない。それに徳までが備わっている〉

まさに中大兄皇子の言ったとおりであった。彼の威光に恐れをなしたものか、群臣だけでなく、豪族たちも彼に従ってぞくぞくと集ってくると、彼の前に膝を折った。飛鳥寺に入り、皇子はそこを拠点とすると、すぐに号令をかけた。

「我が朝廷に逆らう者は何人たりとも首を刎ねる！」

皇子の声は、飛鳥寺の隅々まで響き渡った。

最も危険な存在であるはずの入鹿の父蝦夷は、一度は武装したものの、勝ち目はないと悟り、将軍の中の巨勢徳太の帰順の勧めに応じて、投降した。そして、一人として自分を保護してくれる部下のいなくなったことを知った蝦夷は、絶望のあまり、自殺してしまったのだった。

そして、その入鹿の祖父、馬子の娘を母に持つ古人大兄皇子は、入鹿の惨殺場面を見るとすぐに血想を変え、その場を立ち去ると、自分の宮の寝室にこもり、門を固く閉ざしてしまった。


これで大和朝廷は静かになった。

入鹿の権力によって天皇になっていた皇極女帝は、すぐに天皇の地位から退位することを宣言し、皇位を息子の中大兄皇子に譲ろうとした。

中大兄皇子が中臣鎌足に相談すると、鎌足が諸手を上げて、賛成した。

「大賛成です。皇子が皇位を継承し、善政をお示しになれば、宮中だけでなく、人民もその下に結集すること間違いありません。ぜひ、そうしてください」

「いや、正当な筋からいうと、皇極天皇の弟の軽皇子が継ぐべきなのだ。私は、今までどおり皇子のままでおれば、何の不平も起こらないのではないのか？」

鎌足は目を見張った。

「ごもっともです。早速、軽皇子にお伝えしてまいります」

そう言うと、鎌足は心の中で再び唸っていた。そして、皇子を試したことを恥じた。

〈なんと恥ずかしいことをしたのだ。自分が試したことも、この皇子は分かっていて、それを指摘さえしない。入鹿の側(そば)に近づいただけで、圧倒されて、足はすくみ、恐怖におののいていた皇子は一体どこに消えたのだろうか？〉

〈あの皇子が何と大きくなったことか！　到底(とうてい)、自分の及(およ)ぶところではない。これほどの胆力を皇子はいつ身に付けたのだろうか？〉

　鎌足は、軽皇子の所へ急ぎながら、何度も唸っていた。そして、嬉しくてならなかった。

「軽皇子にお伝え申し上げます。皇位継承は皇子様がお受けするのが順当との、中大兄皇子の仰(おお)せにございます。ぜひともお受けになってください」

　鎌足が伝えても、軽皇子は、

「とんでもございません。私は、その器(うつわ)ではありません。皇位継承の件はどうぞ古人大兄皇子にお譲りください。お願いいたします」

　と言って、断(こと)わり続けた。

　だが、それを聞いた古人大兄皇子は、震え上がった。瞬間、彼は『殺される！』と思った。

　蘇我入鹿の惨殺場面に居合わせ、あれ以来、目立たぬように部屋に閉じこもっていたのに……それも許されないのか！　入鹿の後ろ盾(だて)を失っておびえている自分を、どうして許してもらえないのだ！　是非もない！

彼はすぐにその場で髪を下ろし、出家すると、吉野へと去っていった。

やむなく皇極女帝の弟である軽皇子が即位し、孝徳天皇となった。

二

こうして中大兄皇子は皇太子となり、その実権を握ることとなった。

軽皇子の孝徳天皇としての皇位が決まると、中大兄は「すぐにでも臣民および人民を集め、その不安を一刻も早く払拭しなければなりません」と進言し、電光石火の速さで内政に着手した。

最先に鎌足を内臣に決め、左大臣に阿部内麻呂を、右大臣に蘇我石川麻呂を決め、さらに、中国留学から帰国したばかりの僧旻と高向玄理を国博士として任命した。

いよいよ年号『大化』の始まりであった。

新政権が発足すると、孝徳天皇の命により飛鳥寺に群臣が集められ、天皇への忠誠を誓わされた。

群臣だけでなく、どの豪族の長もひとりとして異をとなえる者のいないのを確信した中大兄皇子と鎌足は、常に天皇の詔として臣民に伝達し、新政権としての改革を断行した。

ある日のこと、鎌足が中大兄皇子に言った。

「皇子様、政権を樹立させるためには、すべての個人的感情を自分の中からお捨てください。政権が安定するまでの間でいいのです。それが一番正しいということを、歴史が物語っています」

鎌足のその言葉に、中大兄皇子は戸惑いながら、半分は納得できなかった。

「分かる。分かっているのだが……自分には……」

「いけません。非情になるように努力するのです。それが政権を担う者の宿命なのです。それで、もし不都合が起きたなら、私のせいにすればいいのです。『この中臣鎌足が出過ぎたことをしたのだ！』と、私を悪者にすれば、それで済むのです」

「それでは中臣の立つ瀬がないではないか」

「それでよろしいのです。その皇子様のありがたいお気持ちだけで、私はどんな場合でも、この生命を差し出せます。ですから、思いどおりに断行してください」

中大兄皇子の目がうるんだ。

「皇子様、それがいけないのです。決意してください。あの入鹿を討ちとったときの、あの冷徹で沈着であった自分を思い起こしてください。決して臣下の前では涙を見せないでください。たとえ、それが身内の者の前であってもです。歴史的に見て、臣下にその情を見せたときに、裏切りは起きています。くれぐれも御注意ください」

「あい分かった。非情という言葉を、いつも自分の胸に刻み込んで、胸深く秘めて、何ごとにも当たることにする。非情……非情だな」

「そうです。非情です。もし私がお気に召さないときがあれば、その場で切って捨ててください。私は何のお怨(うら)みもいたしません」

「あい分かった。そなたの言葉で勇気が湧いた。今まで躊躇(ちゅうちょ)していた改革を断行する。鎌足、協力してくれ!」

「ははあ……」

鎌足は、ひれ伏しながら、皇子のその素直さが嬉しくてならなかった。

二人の息が合うと、決心は早かった。あれほど迷っていたのに、二人の気持ちがぴたりと合った。

二人は、できるだけ早期に入鹿政権時代の影は消しておきたかった。これを消しておかないと、国の乱れの元になるのだ。一刻も早く改革を断行することだ!

朝廷の詔として、最先(さいさき)に大和朝廷の支配下にある東国六県に使者を派遣し、人口と田地の調査をさせ、私地、私民を廃止のうえ、公地公民とすると、次には、武器庫を作らせ、すべての武器をそこに収納させ、新政府の管理下に置いた。

そして、『男女の法』を制定し良民と奴婢に分けた。奴婢はいつまでも奴婢から脱け出ることはできない法律であった。


入鹿惨殺事件から三カ月が過ぎ、そんな慌ただしい改革を進めているときであった。一見、改革が順調に進んでいるかに見えていた。

と突然、古人大兄皇子の反乱の密告があった。

孝徳天皇と中大兄皇子は、顔を見合わせた。怪訝そうな表情であった。

「それはないだろう。入鹿事件のとき、すぐに剃髪し、皇位を辞退し、しかも天皇に最も近い、皇族の一員である古人大兄皇子が謀反を起こすとは到底考えられない。何かの間違いではないのか？」

孝徳天皇がつぶやくように言った。

「私もそう思いますが……」

中大兄皇子はそう言って口を濁した。

だが、そんな言葉に、鎌足は困った顔をした。しかし何も言わなかった。天皇の言葉に、一下臣が反論するわけにはいかなかった。

　鎌足は、中大兄皇子と二人きりになったときを見計らって、言った。

「皇子様、これはまだ政権が不安定だと臣民が感じている証拠なのです。こんな噂が出るときは、まだまだ民の心は揺れ動いているのです。理由がどうであれ、こんな噂が流れたら、即刻、消さなければならないのです。聖徳太子のお子の山背大兄王の変を思い起こしてください。蘇我氏にとって、一番に恩義のあった聖徳太子の子孫一族を、蘇我の三代目の入鹿になって、皆殺しにしてしまったではありませんか！　そして、その政権を奪ってしまったのです。政権を安定させるためには、疑わしきは罰するのが鉄則です。何よりも臣民の動揺を沈めるのが先でございます」

「分かった。非情になることだな。中臣大臣、そなたに任せる。軍勢を持って、誅殺してまいれ！」

「受けたまわりました」

　そう言うと、鎌足は、その日のうちに兵士を集め、古人大兄皇子の屋敷を囲むと、夜襲をかけ、火を放った。

「私が何をしたというのだ！　こんな無実の私を誅すれば、その報いは必ず大和朝廷におよぶぞ！　決して忘れるな！」

古人大兄皇子の悲痛な叫び声が、飛鳥の空に響き渡った。

兵士は震え上がった。

その屋敷の炎上する中から聞こえる阿鼻叫喚は、飛鳥盆地に木霊し、民をも震え上がらせた。

こうして古人大兄皇子の一族郎党をひとり残らず滅ぼしてしまった。

翌日、大極殿に集まった朝廷員、豪族の顔はどれも引き締まっていた。私語もなかった。何か一言発すれば、次は自分の番かもしれないと思うのか、咳一つしなかった。

〈これでいいのだ……これでいいのだ。悲惨なことは百も承知だ。悪いことはすべて私がやったことにすればいいのだ。天皇家の権威が守られ、大和朝廷の安泰が守られるのなら、私は鬼にでもなるのだ！　どれほどの艱難辛苦が待ち受けていようと、私がそれを背負って、あの世までも持っていけば済むことだ！〉

鎌足は深く息を吸った。

だが、どんな大義であろうと、いつの場合でも、殺戮というのは気分のいいものではない。まして、同じ皇族で、剃髪までして真心を示そうとした古人大兄皇子一家を滅ぼしたことは、孝徳天皇の気をめいらせた。それがこうじたのか、その惨劇後、二カ月を待たずに、天皇は病に倒れた。

　中大兄皇子も同じであった。いつまでも後味（あとあじ）が悪く、気が滅入って仕方がなかった。古人大兄の霊が、この飛鳥地方を被（おお）っているような気がしてならない。

　幸いに孝徳天皇の病は軽く、すぐに病床を離れることができた。それを聞いた中大兄は思い切って天皇に声を掛けた。

「大王（おおきみ）、病から御快癒（ごかいゆ）されたとのこと、本当によろしゅうございました。それでもどうか御健康には十分お気を付けください。大王だけでなく、私も何となく気が晴れません。まさかとは思いますが、古人大兄の霊がまだこの飛鳥に彷徨（さまよ）っているのではないでしょうか？　大王、思い切って都（みやこ）を移しませんか？」

「しかし、そう言っても、遷都（せんと）となると……」

「大丈夫です。難波（なにわ）があります。以前から大和朝廷の外港となっており、離宮（りきゅう）や迎賓館（げいひんかん）や、他にも施設が整っております。最初のうちは、これらを利用し、その間に宮殿を建立すれば、十分だと思われます。今からは海外にも目を向けなければなりませんでしょうし、外交が重要になって来ると思われます。それには、この難波の湊（みなと）が最高ではないでしょうか？　御推察いただけましたら、幸いです」

　孝徳天皇は、黙って聞いているだけであった。

〈口先だけでは『大王』と言ってはいるが、いつも私をないがしろにしているではないか！　私には何の相談もなく、すでに決定しているではないか。一言ぐらい相談があってもいいのではないのか！　私は天皇ではないのか！　あまりにもひど過ぎる〉

孝徳天皇はほぞを噛(か)んだ。いかに自分が傀儡(かいらい)であるかを痛感しないではいられなかった。

二、難波遷都

一

年の暮れになって、慌ただしく遷都を完了した新政権は、正月を難波宮で迎えると、すぐにも改革を断行していった。

京や畿内に関所を設置し、戸籍を作らせ、『班田収授の法』を制定。賦役の制度を設定し、婚姻関係にも手を入れた。

大化三年（六四七年）にもなると、『礼法』までも改革し、冠位を厳しく決めた。

こうして新政権による改革は順調に進み、二年もすると、大和朝廷の礎は盤石なものになったと誰もが思った。

そんな大化五年（六四九年）の時であった。

左大臣の要職にあった阿倍内麻呂が病没すると、異母弟の蘇我日向が、この隙にとばかりに、我が身内である右大臣の蘇我石川麻呂を謀反人として、中大兄皇子に密告した。またも密告であった。それを信じた中大兄皇子が、すぐにその情報を孝徳天皇に伝えると、天皇に正された石川麻呂は、すべてを投げ捨て、難波から飛鳥の山田に逃げ帰った。だが、逃げきらぬと思ったのか、石川麻呂はすぐに自殺して果てた。

中大兄皇子は怒った。そしてすぐに鎌足を呼んだ。

「私にまだ非情が足らないとでも言うのか！　手ぬるいとでも言うのか！　鎌足！　今すぐにでも決着を付けてまいれ！」

中大兄の怒声は続いた。

「蘇我一族の匂いがまだ消えていなかったのか！　徹底して排除しておかないと、いつまた謀反を起こすか分からないではないか！　鎌足、急げ！」

「かしこまりました」

鎌足はそう言うと、すぐに兵士を差し向け、一族郎党三十八人を捕縛し、斬刑、絞刑、残りを流刑に処した。そして、密告者の蘇我日向も処刑してしまった。

――何が何でも蘇我一族は全滅させておかなければならないのだ！　今後、何があろうと、蘇我一族は根絶やしにするのだ！――

蘇我入鹿が聖徳太子の子孫を根絶やしにしたと同じように、今度は中大兄皇子が、蘇我一族を全滅させたのだった。

「こうなければ、本当の大和朝廷は作れないのだ！」

中大兄皇子は、深く頷いていた。

二

大化改新から七年が経った白雉二年（六五一年）、時代は目まぐるしく変わった。

滅多に口を開かない孝徳天皇が沈黙を破って言った。

「皆はどう思うぞ？　推古天皇の時代に、聖徳太子が二度までも遠征して取り戻すことのできなかった、元々我が領土である『任那』の国を、百済が新羅から取り戻して、我が大和朝廷に返すとまで言ってきているのだ。それで援軍を出してくれと言ってきているのだが、これは実に難しい問題だ。腹蔵ない意見を聞かせてもらいたい。国博士の旻法師、そなたから国際情勢について詳しく皆に聞かせてやってくれ」

天皇の声に、旻法師が立ち上がった。

「ほんの十年ほど前のことですが、百済において、前政権を倒し、義慈王が政権を取ると、もう翌年には、新羅に攻め込んでいたのです。同じ年に高句麗では、宰相の泉蓋蘇文が、国王および大臣を惨殺し、実権を握ったと思ったら、あろうことか、新羅と仲の良かったはずのその高句麗が百済と組んで、今度は新羅を攻め滅ぼして、二国で分捕りしようとしているのです。そんなにくるくる変わる国に援軍を送ったら、どうなるでしょうか?」

「いや、それだけではよく分からない。他には?」

天皇の声に国博士の高向玄理が立ち上がって、補足した。

「我が朝廷が大化の改新を行っていたその頃のことです。唐の太宗は、新羅の救援依頼を無視し、新羅と百済が戦っていることをいいことに、高句麗を我がものにしようと、高句麗に攻め込んだのでした。しかし、その高句麗の思わぬ抵抗にあって、今もって攻めあぐねているところなのです。今こそ、百済と力を合わせて、弱り切っている新羅を叩けば、百済に大きな貸しができ、元来、大和朝廷の領土であった任那が戻ってくるのではないでしょうか?

一石二鳥とはこのことではないでしょうか?」

「うん、両大臣の言うとおりだ。今度こそ念願の任那を取り戻す時機到来だぞ!」

この時こそ自分の力を百官に示せるときが到来したとばかりに、孝徳天皇が声を張り上げた。

そうすると、その会話を聞いていた中大兄皇子には、孝徳天皇が秘かに身の回りを固めようとしているのが分かった。いつの間にこれほど三人は密になっていたのかと思うと、身が引き締まった。

〈油断していては、足をすくわれないとも限らない〉

中大兄皇子の顔色が変わった。

〈新羅を攻めることなどとんでもないことだ。許されることではないのだ！〉

と思った中大兄皇子が、突然、大きな声を上げた。

「なりません！　その時期ではありません！」

孝徳天皇の顔が不愉快そうに歪んだ。

「聖徳太子の時代からの念願を果たそうとするのが、なぜ悪いのだ！　これほど新羅の弱体化しているときはないのに……決して新羅を取ろうというのではないのだ！　元々、我が御先祖からの領地である任那を取り戻すだけなのだ」

「お気持ちは分かります。私も、今にでも出征して、取り戻したい気持ちです。されど、まだ我が国の改革は道半ばです。我が国が安定してからでも遅くありません。それに、唐が今もって高句麗に手を焼いているとはいえ、もし高句麗が唐に征服されたときには、我が国が任那を取り戻していても、あっと言う間に唐の軍に飲み込まれてしまいます。」

言葉丁寧に言うのは、中大兄皇子の最大限の譲歩であった。

中大兄皇子は、一息入れると、ここぞとばかりに、声を大きくした。

「今、我が国は、遣唐使を派遣して、唐との親交を密にしようと努力しています。どうにかその道が拓けそうになっています。新羅と対抗するには、唐との親交を深めることが最善の方法だと思われます。新羅も唐の服を着用して、筑紫に来て、我が国の動静をうかがっています。ここは暫らくの間、唐の動きを見て、判断しても遅くはないと思われます」

孝徳天皇は、不快そうな顔をして聞いていたが、最後まで聞かないで、ぷいと立ち上がると、奥に消えていった。

中大兄皇子は、心の中でにやりと笑った。

ここでこそ内外に自分の権威を示しておきたかった。孝徳天皇にも、所詮あなたは傀儡に過ぎないのだと、知らしめておく必要があった。

彼の独断で、第二回目の遣唐使が派遣されたのは、白雉四年（六五三年）のことで、第一回目から二十三年ぶりのことであった。

そして、次第に力をつけつつあった孝徳天皇に思わぬ事態が起きたのは、遣唐使を送りに行ったときであった。彼が片腕とも分身とも思っていた、国博士の旻法師が急な病に倒れてしまったのだ。

病床を見舞った孝徳天皇は、人払いをすると、旻法師の枕辺で嘆いた。

「今、そなたが死んだら、私はどうしたらいいのだ！　生きていられないではないか！　漸く私の時代が来ると確信を持てたのに……生きてくれ！　元気になってくれ！　私の息子の有間皇子が次期天皇になるまではと、今までずっと辛抱してきたではないか。今までの苦労が水泡に帰すではないか！　口惜しくないのか！　もう一度元気になって、私を助けてくれ！」

「申し訳ありません。私もくやしくてなりません。しかし、天命には逆らえません。どうか御辛抱強くお過ごしください。そうすれば、きっとその時期は来ます」

だが、孝徳天皇の悲痛な願いも空しく、そう言って、旻法師はその一生を閉じた。

それでも中大兄皇子は容赦しなかった。孝徳天皇のもう一人の片腕である高向玄理も失わせなければ、まだ不安であった。

彼は、第二次に出した遣唐使の帰国も待たず、第三次の遣唐使派遣を決めた。その外交団の押使（首席）に国博士の高向玄理を指名し、大使に河辺麻呂、副使に薬師恵日を決めた。

そして、

「高向玄理殿、遣唐使の役目のほどよろしく頼み申したぞ」

そう言って、旅立たせた。

中大兄皇子は、押使に高向玄理を決めたことで、ほっとしていた。

旻法師が死に、高向玄理を追い出したことで、孝徳天皇は裸になってしまったのだと、中大兄皇子はひとり満足していた。

〈いや、いや、まだもっと大きなことが一つ残っている。ここで手を抜いてはならないのだ〉

そう思うと、彼はここでも容赦しなかった。

孝徳天皇の傷心の癒えぬうちにと、都を元の飛鳥へ移すことを上奏した。

「大王、ここ難波宮は湊が近過ぎて、危険に満ちております。どうか都を元の飛鳥へ遷すことをご決断してください」

しかし、それを天皇が許すはずのないことを充分承知の上でのことであった。

彼は、天皇の意向を無視することなど、もう平気であった。

中大兄皇子はそう宣言すると、孝徳天皇の許可もなく、すぐに遷都の準備にかかり、日を待たずに遷都を強行した。

あろうことか、問答無用とばかりに、中大兄皇子の母で前天皇であった皇極女帝および弟の大海人皇子、自分の妹で孝徳天皇の后、それに孝徳天皇の息子の有間皇子までも引きつれて、飛鳥へと戻っていった。

もちろん、朝廷の百官は彼に従った。

それは強引すぎるほどの遷都であった。

難波の都は死んだように静まり返った。

難波宮は伽藍堂のようになり、そこに立ち尽くした孝徳天皇は悲痛な恨み声を上げた。

大和朝廷を恨んだ。いや、中大兄皇子を恨んだ。

〈最早、これまでだ！　我が息子の有間皇子までも飛鳥につれ去られては、すべての望みを絶たれたのも同然だ！　これ以上何があるというのだ！〉

ひとりになった孝徳天皇は、難波宮の真ん中に立って叫んだ。

「中大兄め！　呪ってやる！　死んでも呪い続けて、お前を地獄に引きずり込まないでいるものか！　末代までも呪って、お前に安定した政権をとらせてなるものか。きっとぞ！　今に見ておれよ！」

孝徳天皇は、そう呪いながら、その年にひとりで憤死したのだった。

何度か見舞いに来ていた息子の有間皇子にも、父孝徳天皇の怨念は乗り移っていたのかもしれない。

三、有間皇子の変

一

飛鳥(あすか)へ移った中大兄皇子(なかのおおえのおうじ)は、三十歳を迎え、気力は充実し、自信に満ちていた。

白雉(はくち)六年（六五五年）孝徳天皇が没したことで、一度引退した、六十二歳にもなる母である『皇極(こうぎょく)女帝』を、名前を変えて『斉明(さいめい)天皇』として再び天皇の位に即(つ)けたことで、大和(やまと)朝廷の全権を掌握(しょうあく)した中大兄皇子には、すべてが思いのままであった。何(なん)の揺(ゆ)らぎもなかった。

飛鳥の板蓋宮(いたぶきのみや)が火災にあったときも、翌年には、岡本宮の建造に取りかかっていた。それに並行して、田身嶺(たむのみね)に両槻宮(ふたつきのみや)を建立。そしてまた、天香久山(あまのかぐやま)の西から石上山(いそのかみやま)の間に運河という大土木事業まで手掛けた。

彼の旺盛な事業欲に対し、誰ひとりとして異議を申し立てる者はなく、むしろ、誰もが彼にこび、ひれ伏した。

そんな事業が一段落した、年号も変わって斉明四年（六五八年）のことであった。

孝徳天皇と阿倍内麻呂の娘との間に生まれた有間皇子が、斉明天皇に拝謁を願い出た。

斉明天皇の両側には、中大兄皇子と、弟の大海人皇子が並び、その下には中臣鎌足が控えていた。

有間皇子の挨拶が終わると、中大兄皇子が言った。

「久しく逢わないうちに、随分と立派な男ぶりになったようだが、年齢は幾つになられたのかな？」

「はい、来年で二十歳になります」

「そなたの、その逞しい体を見ていたら、さぞかし亡くなられた孝徳天皇も、あの世で喜んでいることであろう。まだ亡くなる年齢ではなかったのに残念なことであったな……」

有間皇子の目の奥がきらりと光った。

〈殺したのはあなたではないか！〉

という言葉が出かかったのを、瞬間、彼は飲み込んだ。

だが、彼の表情が強張ったことに気が付いた者はいなかった。すぐに何気ない表情を作ると、彼は言った。

「いいえ、もう昔のことです。病(やまい)だけはどうすることもできません。亡父(ちち)のことは、私の記憶の中に封じ込めて、斉明天皇のために働きとうございます」

「立派になられたなあ……よろしく頼みますよ」

斉明天皇の言葉であった。

「ありがたいお言葉、痛みいります。今後は天皇家のため、全力で尽くしてまいります……つきましては、このたび、少し体がすぐれませんでしたので、その治療のために、牟婁温湯(むろのゆ)（和歌山県）へ行かせていただきました。温泉の質も良く、体にしっとりと馴染(なじ)んで、身も心もときほぐされるような気持ちになり、日一日(ひいちにち)と病は軽くなり、治癒(ちゆ)していくのが分かりました。そうして五日も経たないうちに、すっかり良くなっていました」

有間皇子は、少し言葉を切って、天皇の顔色をうかがいながら、続けた。

「それで、温泉(おゆ)の中にじっとひたっておりましたとき、おば様たちの、ここ三年間のご苦労はいかばかりだったろうと思われてきまして、これはぜひこの温泉をお勧めしようと思い、今日おうかがいした次第です」

「ほう、そんなにいい温泉(おゆ)なのですか？」

と言いながら、斉明天皇は目を細めた。

「はい、とても言葉だけでは表せません。思いますに、この飛鳥の都も平和が訪れていると見受けられました。天皇の余すところのない徳が行き渡っている証ではないでしょうか？　もう大和朝廷は安泰です。どうぞ安心して、ゆっくり温泉につかって、お疲れになっているお体を癒されてはいかがでしょうか？　それからまた、政務に就かれて……私は、この大和朝廷の栄えることを切に願っております。後顧の憂いはございません。私が全責任を持って、この飛鳥を守っていますので、どうぞ御安心ください」

「そうね。そうさせていただきましょうか……」

　斉明天皇は、有間皇子の言葉に、おおいに心を動かされ、三日も待たず中大兄皇子と共に、牟婁温湯へと出かけて行った。

　出がけに、中大兄皇子は鎌足に言い残した。

「人間、多弁過ぎるときは、必ずと言っていいほど心の中に何か一物持っているものだ。念のため、私たちが留守の間、有間皇子に見張りを付けておいてください。いや、何も起こらないとは思うが、用心するに越したことはないからね……では、行ってきます。後のことは頼みました」

「かしこまりました。ごゆるりとお体を休ませてください。母君もさぞお喜びでしょう」

　中大兄皇子がそう言うと、鎌足もなごやかな顔になって、天皇の一行を見送った。

二

有間皇子（ありま）は、あまりにもうまくいったことに、心の中で小躍り（こおど）していた。だが、表面は顔を強張（こわば）らせ、飛鳥の都（みやこ）の通りをゆっくりと散歩していた。

天皇一家が出発して三日を過ぎた日、夕暮れになるのを待って有間皇子は、以前から示し合わせていた蘇我赤兄（そがのあかえ）の所へと急いだ。

挨拶もそこそこに、二人だけでと、赤兄は彼を楼台（ろうだい）へと案内した。

有間皇子は、すぐに赤兄の手をしっかり握ると、力のこもった声で言った。

「時なるかなだ！　いよいよ時節到来だ！　難波宮（なにわのみや）で憤死された父、孝徳天皇の恨（うら）みを晴らすときが来たのだ」

「そうです、そうですとも！　兵を上げるときが来たのです！」

赤兄もそう言って、興奮した面持ちで、皇子の手を握り返した。

「そうですとも！　皇子様の方が正統な血筋なのです。皇子様が天皇家を継いでこそ、この大和朝廷は安定するのです。そこにこそ平和が訪れるのです」

有間皇子は、いちいち頷（うなず）いていた。

「今の斉明天皇の政事(まつりごと)は、あまりにも杜撰(ずさん)すぎる。天皇が中大兄(なかのおおえ)の傀儡(かいらい)だからだ。倉庫を何軒も建てては、私財を増やし、必要もない運河を作って、民に塗炭(とたん)の苦しみを味わわせている。許せないことだ！」

有間皇子の唇(くちびる)が、興奮のために歪(ゆが)んだ。

「赤兄殿、いいですか。最初に岡本宮に火をかけ、その混乱に乗じて、牟婁温湯(むろのゆ)を襲い、斉明天皇以下全員を亡(な)き者にし、難波宮を復活させるのだ！」

「はい、そうです。そうすれば、大成功です。皇子様が次期天皇になって、この国を治めるのです」

二人は何度も手を握り合い、作戦を練(ね)り、夜更(よふ)けまで話し合った。

「いつの間にか夜も遅くなりました。大事なお体です。どうぞ今夜は私の家でお過ごしください。まだまだお話し足りないと思いますので……」

「そうだな。今宵(こよい)はお世話になろうか？」

そう言って有間皇子は、いかにも満足した表情をして深い眠りに付いたのは、深夜にもなってからであった。

だが、何という油断であったろうか！

蘇我赤兄は、有間皇子がその深い眠りに付いたのを確かめると、そうっと家を脱け出し、全速力で鎌足の屋敷(やしき)に向かって走りだした。そして、屋敷に辿(たど)り着くと、門扉(もんぴ)を激しく叩いた。

「御注進(ごちゅうしん)！　御注進でございます！」

門衛が出てきた。

「何事ですか。こんな夜更けに何事ですか」

「一大事(いちだいじ)です。大変なことが起きようとしています。大臣に直接でないと申し上げられません。大至急、御取次ぎをお願いします。一刻(いっこく)を争(あらそ)います」

「暫(しば)し、お待ちください」

そう言って、門衛が内に消えると、すぐにその後から鎌足の姿が現れた。

「何事ですか、真夜中も過ぎたというのに！」

「申し訳ありません。緊急にお知らせしなければならないことが起きましたので、御無礼を承知で参りました。謀反(むほん)です。御謀反にございます」

赤兄の声は上(うわ)ずっていた。

「一体、何を言っているのだ！」

「は、はい、有間皇子の御謀反でございます」

「何だと！　本当か！　戯言(ざれごと)ではあるまいな！」

「何でこんな夜更けに、そんな戯言など申せましょうか。本当に戯言ではございません。有間皇子は、近々兵を起こし、岡本宮に火を掛け、その勢いをかって、一気に、無防備であろう牟婁温湯を襲い、斉明天皇以下、中大兄皇子までも亡き者にして、政権を奪おうと企んでおります」

「なぜ、そなたがそんなことを知っているのだ」

「大王の密命により、有間皇子を探っていたからです。探り出しました。不穏な動きが感じられましたから、私が誘ってみたのです。そうしたらうまく乗ってきたのです。それで、今、私の屋敷に寝かせております。ぐっすり眠っているはずです。急いでください。大王に牟婁温湯を勧めたのもそれが目的だったのです」

鎌足は、中大兄皇子の深慮遠謀に身が引き締まる思いであった。

「分かった。詳しいことは、途中で訊く」

そう言うと、鎌足は、すぐに手勢を集め、赤兄の屋敷へと急行し、そこを包囲した。

有間皇子に油断があった。気付いたときには、もう遅かった。

赤兄の屋敷は、鎌足の手配した兵士にびっしりと囲まれ、逃れる隙もなかった。

有間皇子は囚われの身となり、急遽帰国した中大兄皇子と鎌足の前に引き据えられた。

と、彼の目に飛び込んできたのは、鎌足の下座に連なっている蘇我赤兄の姿であった。

有間皇子は、目を見張った。そして、初めて悟った。『謀られた！』と思いながらも、赤兄を睨み付けただけで、黙していた。自分が浅はかだっただけだ！

中大兄が言った。

「残念だったなあ。お前たちの目論みはとっくに分かっていたのだ。私が赤兄に、そなたを探るようにと言いつけておいたのを見抜けないようで、権力の座が奪えるものか！ 謀反を起こすときは、誰も信じてはならないのだ。ひとりでやるか、もし二人でやるならその信じた者を絶対に手元から離さないことだ。それでも成功するかしないかは、神のみぞ知るだ。それにしても、一体どうして謀反なんか企んだのだ」

「そんなこと言えるものですか。知りたかったら、そこに座っている蘇我赤兄にでも聞いたらいいだろう。ただ分かっていることは、父孝徳天皇の恨みが私に乗り移ってきての所業だということだ。たとえあの世に行っても、私は、父孝徳天皇と一緒になって、皆をいつまでも恨み続けることは間違いないわ。よく覚えておいていてもらおう。お前たちには、絶対に平和と幸福が訪れることはないのだ。私が呪い続けるのだからな」

と言うと、有間皇子は大声で笑った。

中大兄の顔が怒りで真っ青になった。

有間皇子の憎々しげな顔を見た中大兄皇子は、急に声を張り上げた。

「ええい！　早々と首切ってしまえ！」

その中大兄皇子の怒声で、有間皇子はその場から引き立てられ、二日を待たずに、父孝徳天皇と同様に中大兄皇子を恨みながら、藤白坂（ふじしろざか）で首切られた。そして、その軀（むくろ）は都の外（はず）れに晒（さら）された。

中大兄皇子の最後の言葉は、

「これで孝徳天皇に関（かか）わることは終了だ」

の、一言（ひとこと）であった。

四、白村江の戦い

一

斉明五年（六五九年）――

大和朝廷は、唐との関係をもっと友好的なものにしようとして、第四次遣唐使を送った。

だが、そのときはすでに百済と戦争状態になりつつあった唐は、謁見することは許したが、大和からの遣唐使一行を捕らえ、幽閉してしまった。

だが、それを知る者は、大和朝廷には誰もいなかった。

そうした唐との関係が不安定な状態のときであった。百済からの使者が現れた。

斉明天皇をはじめ、大和朝廷の重臣の並ぶ席に、その使者は呼び出された。

「初めてお目にかかります。百済国義慈王のお言葉を申し上げます。現在、百済の情勢は瀕しております。『今までの友好関係に甘えまして、このたびはぜひとも援軍を出していただけますよう、切にお願いいたします』とのことでした」

「そなたは、すぐに援軍を、と言うが、朝鮮（ちょうせん）半島の情勢が分からないでは、どう対処したらいいのか分からないではないか。よかったら、もっと詳（くわ）しく教えてもらいたい」

中大兄皇子（なかのおおえのおうじ）の言葉に、百済の使者は答えた。

「朝鮮半島における激動の歴史を語るとなると、長くなりますが、それでもよろしいでしょうか？」

「一向（いっこう）に構いません。皆、それを知りたいのです。詳しく教えてくだされ」

斉明天皇からの言葉に、百済からの使者は、幾分緊張した面持ちで話し始めた。

「隋（ずい）を滅ぼした唐が全国統一を成しとげてから十二年が過ぎたころ、百済王国も義慈王が即位して、権力集中ができるようになり、漸（ようや）く混乱がおさまり、平和になりました。しかし、今度は、百済の一番の懸念（けねん）事項でありました新羅（しらぎ）とのせめぎ合いになりました。そして、その戦闘の末、貴国の聖徳太子（しょうとくたいし）が二度までも挑戦して取り戻すことのできなかった任那（みまな）を百済が奪（うば）うことができました。百済は、その任那の国を、貴国への友情として守り、いつでもお返しできる用意をしてきました」

中大兄皇子は『それを自国の領土にしているではないか』と言おうとして黙すると、後を促した。

「戦乱の世にしたのは新羅です。高句麗を除いて、百済、任那、新羅の勢力が均衡していたころは、朝鮮は平和だったのです。それを、新羅が貴国の任那に攻め込んだときから、長い戦いが始まったのです。そんなときのこと、何を間違ったのか、苦しくなった百済が、あろうことか、救援を高句麗に求めたのです」

「それは本当ですか？　元々、両国は敵対していたと聞いていたのですが？」

「ところが、この高句麗という国も、宰相であった泉蓋蘇文が、国王と百人の大臣を惨殺し、傀儡の王を擁立して、権勢を握ったばかりだったのです。やはり悪人は悪人です。この蘇文は欲の塊でした。待ってましたとばかりに、逆に百済と手を結び、『新羅を滅ぼして二国間で分けよう』と、裏取引をして、高句麗は新羅になだれ込んだのです」

斉明天皇も、他の臣下たちもいつか体を乗り出して、聞き入っていた。

使者は続けた。

「またあろうことか、唐の太宗は、蘇文に輪をかけたような欲に欲を重ねたような男で、朝鮮全土を我がものにしようとするほどの王様だったのです。高句麗が新羅に出兵して、手薄になっていると見た唐軍は、今度は高句麗に攻め込んだのです。しかし、甘かったのです。攻めても攻めても高句麗の守りは固く、何年もの間、膠着状態が続いておりました。そんな折、新羅の金春秋が武烈王となるとすぐに、新羅危うしと思ったのか、彼は恥も外聞もなく、唐に援軍を求めたのです。高句麗を攻めあぐんでいた唐の高宗（太宗の子）は、しめたとばかりに、急遽、新羅と手を結び、我が百済に攻め込んできたのです。しかも唐軍は水陸あわせて十三万の兵と新羅は五万の兵が連合して、百済の都に向かって侵攻してきたのです」

使者は大きく息を吸った。

「私は、その隙をぬって脱出し、漸くこちらに辿り着くことができました。その後、百済がどうなっているか…… 今は持ちこたえていると思います。どうか大至急援軍をお願いいたします。これで百済が戦に負けることがあれば、この大和朝廷にも侵略してくるかもしれません。どうかお願いします」

いつか使者の声は涙声になっていた。

「分かりました。暫らくお待ちください。協議いたします。今日のところは、これでお引き取りください」

中大兄皇子の言葉に、使者はその場を静かに下がっていった。

百済の使者を迎賓館へ送る手配を済ませた斉明天皇は、皇子たちだけでなく、全臣官のいる朝議にかけた。

　それぞれが意見を述べた。

「第四次の遣唐使を送って、まだ間がありません。その大和から派遣している使者が帰国し、戦の詳細が分かってからでも遅くはないと思いますが……」

「そうです。第二次、第三次と送った結果、唐の太宗の、大和朝廷に対する考え方が随分変わってきた。いや、好意的だとすら思われます。唐の侵略は何らかの誤報ではないでしょうか？」

「いや、あの使者の口上からして、唐の太宗は信じられないのではないでしょうか？　私はあれが本当に事実だと思います。いっそのこと、一刻も早く出兵の準備にとりかかった方がいいのではないでしょうか？」

「そうです。ここで百済と一緒になって、新羅を叩けば、二百年来の思いが遂げられて、任那の領土が戻ってくるのではないでしょうか？」

　こうした対立する意見が出てくると、斉明天皇もすぐには決断が下せず、任那は欲しいのだが、と斉明女帝は迷うばかりであった。

　このたびは、自分の言葉一つで国運が決まるかと思うと、中大兄皇子も、鎌足も、何も言えなかった。

百済の使者は、毎日のように来ては、「至急援軍を出してください」と要請したが、結論の出ないまま、月日は流れた。

二

斉明六年（六六〇年）――

結論の出ないまま、百済からの第二次の使者が来て要請しても「まだ方針が決まらないのだ」と言うだけで、同じであった。

と、続けざま、秋の深まりいく中に、第三次の使者があった。すぐに斉明天皇の前に呼ばれた。今までの使者とはまったく違って、切羽詰まった顔であった。何かを決意してでもいるかのような緊張が張っていた。

「大王、初めてご拝謁いたします。義慈王から任命されまして、百済王国の使者としてまいりました余禎嘉と申します。義慈王の甥に当たり、王の称号をいただいております」

「それならば、そなたは王様と言われてもいいのではないですか？」

「恐れ入ります。それだけに、私が最後の使者となるやもしれないから覚悟してまいれと言われて、ご訪問することになりました。義慈王の命令により、一族郎党を引き連れ、私だけでなく、家族一同も骨を埋める覚悟で参っております。どうぞお聞き入れください」

言葉は丁寧ではあったが、返答によっては、一歩も引かないぞ、というような覇気が漂っていた。

「ご苦労様です。お疲れでしょうから、今日はごゆるりと休んでいただいて、明日からでも本格的な会議をするといたしましょう」

「いいえ、それでは……」

と、余禎嘉が、急ぎの用件を述べようとしたそのときであった。

入り口のほうから激しいどよめきが聞こえてきた。

「何ごとだ！」

中大兄皇子（なかのおおえのおうじ）の叱責（しっせき）に、瞬間、周りは急に静かになったが、そのどよめきは一層激しくなって、堂内を震わせた。

「本当だな！　本当なんだな！」

「間違いないのだな！」

そんな言葉が、わずかに聞こえた。

中大兄皇子は、朝堂院の入り口へと走った。

「何ごとだ！」

「はい、筑紫からの使者がまいって、大至急お取り次ぎを、と願っております。『用件を?』と言っても『重要かつ火急な知らせだから直接でないと話せない』と動きません」

「分かった。連れてまいれ」

重臣の前に連れてこられた使者の顔は緊張で引きつっていた。

「うん、そなたが使者だな? 私が中大兄だが……」

「極秘のお知らせですので、人払いをお願いいたします」

「あい分かった」

中大兄皇子の言葉に、誰もがその場を離れた。

それを見はからって、使者が言った。

「申し上げます。『百済は滅亡いたしました』との伝言でございます」

「何? それは本当か?」

「間違いございません。筑紫では、それがもっぱらの噂になっております。百済は、唐と新羅の連合軍との戦いで、大激戦の末、この七月、百済の都、扶余の泗沘城を占拠されてしまいました。義慈王と隆太子は、熊津城まで逃げましたが、そこで捕らわれの身となり、百済は滅亡したのです」

「あい分った。ご苦労でした。ゆっくり休んでくれ……」

中大兄皇子は、そう言ったものの、暫らくの間、言葉もなかった。

彼は、斉明天皇のもとへと急ぎ、筑紫の使者との会話を告げた。

暫しの間を置いて、斉明天皇は、そこに待機していた使者の余禎嘉に言った。

「義慈王の甥であれば、禎嘉王と名乗っても間違いないところでしょうが、外交は別問題です。しかし、今後はこの大和の国では禎嘉王と名乗ってください。ところが、その件は別にしまして、もうこの援軍派遣につきましては、会議することも必要なくなりました。使者からの便りによると、今では百済は滅びてしまって、混乱が続いているそうです。義慈王と隆太子は、捕虜となって、唐軍に引かれて行ったそうです。恐らく、唐の都洛陽に護送され、打首でしょう。もう援軍を出す意義はなくなりました」

居並ぶ百官の席にどよめきが起きた。

だが、禎嘉王はあくまで冷静であった。

「大王！　百済の義慈王は、このことも見通していたのかもしれません。『唐軍十三万と新羅軍五万の大軍が押し寄せてくれば、百済は危うくなるかもしれない。そのときは、自分が犠牲になっているから、そのうちに他の武将たちを逃がしておく。ちりぢりになっても、決して生命を粗末にせず、隠れておくように』と言っていました。そして『本当にそうなったら、大和に人質として三十年間あずけておいた余豊璋王子の返還を願い、王子を百済王とし、再建に努めてくれ』と言われてまいりました」

　斉明天皇をはじめ、誰もが、先の先まで読んでいた義慈王の深さを思った。

　禎嘉王は続けた。

「義慈王のその深い真情に打たれ、その王の代理として、この余禎嘉がまいりました。余豊璋王子を解放していただければ、その身代わりとして、私が引き連れてきました家族一党が人質となり、この大和朝廷のために、生命の限り働かせていただきます。どうかお聞き届けください。そもそもこの戦の始まりは、新羅が任那に侵攻した時からなのです。隋が滅んで唐になったとき、高句麗はその唐との戦いでは防戦でいっぱいでしたから、百済、任那、新羅の三国は均衡がとれて、平和だったのです。それなのに、新羅が任那に触手を伸ばして、侵攻したからなのです。それは、取りも直さず、百済への侵攻にもつながることでした。新羅は、任那を瞬く間に攻め落としてしまいました。そうなると、百済に攻め込んでくるのは火を見るよりも明らかなこと。だから、先手を打って、逆に百済が攻め込み、任那を奪い返してしまったのです。それから、その戦いが百年、二百年と続いているのです」

「しかし、今さら、新羅と戦をしても、任那を元の大和の領地にすることは不可能に近いのでは……」

「大和から援軍を出せば、新羅だけでなく、唐も敵に回すことになり、悪くすると大和も百済と同じ運命を辿るのでは……」

　誰の声とも分からない呟きが臣官の中から聞こえた。

　禎嘉王の次の言葉が震えた。

「この大和朝廷の平和は皆様が守っていることを、私も充分に承知、いや、認識しているつもりです。しかし、それだけでしょうか？　僭越ですが、皆様のご先祖様の御霊がお守りしているのではないでしょうか？」

　百官にどよめきが起きた。

「私たち百済は、新羅を任那から追い払い、その都扶余にある皆様のご先祖さまのお墓を守ってまいりましたが、新羅が占領してからは、どうなっているのか分かりません。大和の国は、ご先祖様を最も大切にする国だと聞いております。もう一度これを取り戻し、どうぞご先祖様の御霊を安んじてください。そうすれば、大和の国は、ずっとこの平和と安寧を継続していけるのではないでしょうか？　義慈王はこうも言っておられました。『もし新羅を倒せたら任那はそっくり大和朝廷にお返しして、新羅の領土は、百済と大和で折半にしてもよい』とまで言っておりました。百済は約束を守る国です。どうか援軍を出して、百済を助けてください。よろしくお願いします」

　禎嘉王の言葉に、斉明天皇の気持ちが動いた。

〈さすがに百済王が認めたほどの人物だ〉

そう思って、彼女は禎嘉王の顔に見入っていたが、中大兄皇子に向き直って言った。

「禎嘉王の言うとおりです。私がこの年齢（六十七歳）まで長生きできたのは、本当にご先祖様のお陰なのです。やはり決断しましょう。任那を奪還して、ご先祖様の御霊をまつり、大和朝廷の永遠の平和を願おう。皇子よ、私の最後の願いをきき入れておくれ！」

母、斉明天皇の言葉には、中大兄皇子も逆らえなかった。

三

だが、大和朝廷危機到来の懸念は残った。

遠征がもし失敗したときには、唐の大軍が押し寄せ、大和国は唐の支配下に置かれるのではないかという恐れは、誰の脳裏にもあった。属国になったときの悲惨さは、国内だけでも嫌というほど見てきている。

しかし、斉明天皇の気持ちは固かった。

「私が亡き後、ご先祖様に持って行ける唯一の土産といったら、任那を取り戻し、ご先祖様のお墓を守ることしかないのです。皇太子、私の最後の頼みだと、皆の者を説得しておくれ……」

瞳を潤ませながら乞い願う、老いた母の言葉に、中大兄皇子は返す言葉もなかった。

決断は速かった。

その年の暮れ、朝廷を飛鳥から難波宮に移し、戦いの準備にかかった。そして、翌年（斉明七年）の正月早々には、難波から筑紫（福岡）へと向かった。

六十八歳にもなる女帝を筑紫まで出征させていいのだろうか、と思いながら、中大兄皇子は、言い出したらきかない母を思うと、諦めざるを得なかった。

そして、「その斉明天皇のお話し相手になっておくれ」と、弟の大海人皇子を同行させた。

長期の遠征になることを想定し、彼らは妻子までも同行させた。

難波から筑紫までは、船旅であれば二十日ぐらいのところを三カ月もかけ、大和朝廷一向は、港々に立ち寄って、豪族たちに声をかけては兵士を徴発して行き、その豪族の長を幹部に取り立て、軍を編成していった。

三月の下旬、筑紫の那大津（博多）の磐瀬行宮（長津宮）に到着したころには、兵の数も膨れ上がり、二万以上に達した。士気はますます上がっていった。

だが、那大津から見た博多港が、まるで防備のなされていないのを見た中大兄皇子は、五月になるとすぐに、少し疲れ気味に見え始めた斉明天皇に接すると、彼女をいたわるように言った。

「ここ那大津では万が一のことが起きた場合、防ぎようがありません。少し奥まってはいますが、八里先の朝倉宮に御移りになってください。後のことは私に任せて、ごゆるりとしていてください」

「そんな気遣いまでさせて、ごめんなさいね」

そう言って、斉明天皇は、息子の優しく頼もしい言葉に何も逆らわなかった。率直に応じた。

だが、斉明天皇は、朝倉宮に移った時から、安心したのか、それとも老齢と船旅の疲れが重なったのか、急な病にかかり、床に伏してしまった。

そうした七月も終わろうとするころ、斉明天皇は、枕辺に中大兄皇子と大海人皇子を呼ぶと、二人の手をしっかりと握りしめ、

「兄弟、力を合わせ、協力し合って、この大和朝廷を守り、天皇の御代がいつまでも続くようにお願いします。きっとですよ……」

と、涙の下で約束させ、安心したように目を閉じた。享年六十八歳であった。

　戦時下であり、朝倉宮での斉明天皇の葬儀は簡素に行われた。葬儀が終わると、中大兄皇子は、すぐに博多港に引き返し、長津宮にて、天皇の全権を司る『称制』を手中にして、ただちに戦いの準備にかかった。

〈今は新羅との戦いの最中なのだ！〉

　悲しんでいる余裕はなかった。

〈どんな理由であれ、新羅を滅ぼしておかないと、いつ何時、唐が我が国に攻め込んで来るのか分からないのだ！〉

　そんな不安の中であった。唐の主力軍は百済ではなく、高句麗をめざして進軍している、という情報が飛び込んできた。

「おお！　天の采配ぞ。阿曇比羅夫、阿部比羅夫の両名を将軍とし、討伐軍を編制する。大至急準備にかかれ！　よし、唐が高句麗を攻めているこの隙を狙うのだ！　これで勝算ありだ！」

　中大兄皇子は、自信に満ちた声で全軍を激励すると、その九月には、狭井檳榔に、先発隊として五千の兵を授け、人質であった余豊璋と共に、百済の再興をはかろうと努力している鬼室福信の下に送った。

　中大兄皇子は何も惜しまなかった。

彼の頭脳の中には、聖徳太子ですら成し得なかった任那を我が手中にし、凱旋する自分の姿があるだけであった。

そして、翌年（天智元年）には、その福信の下に、武器やその材料（矢一〇万隻、糸五〇〇斤、綿一〇〇〇斤、布一〇〇〇端、なめし皮一〇〇〇張、稲籾（いねもみ）三〇〇〇石等）を送った。と同時に、時期を同じくして、その五月、阿曇比羅夫大将軍に一七〇艘の軍船を委（ゆだ）ねて、百済に向けて発進させた。

那大津（博多港）は波静かであった。

その偉容（いよう）を誇る船団を見た中大兄皇子は、胸の高鳴りを押さえようもなかった。

「勝ってこいよ。褒美（ほうび）は将軍の思いのままだぞ。勝って、任那を取り戻すのだ！」

と言って、送り出した。

中大兄皇子は、その時、阿曇大将軍の手でがっしりと握られた痛さが不思議と快（こころよ）かった。

四

安曇（あずみ）大将軍は百済（くだら）に着くとすぐに勅令（ちょくれい）を伝え、余豊璋（よほうしょう）の百済国王任命式を盛大に行った。

余豊璋が正式に百済王になると、福信が率いていた百済復興軍が勢いづき、万歳の声を上げた。

そうすると、その噂（うわさ）を聞いた旧百済の残党も続々と集結を始め、その勢いは天をも突くかと思われるほどに士気が上がった。

百済領であった熊津（ゆうしん）、泗沘（しひ）等の占領地区を守っていた唐（とう）・新羅（しらぎ）の連合軍を相手に、百済復興軍と大和（やまと）救援軍の同盟軍が果敢（かかん）に挑（いど）み、激戦が続いた。一進一退が続く。

それを知った、高句麗（こうくり）軍もまた息を吹き返し、唐・新羅の連合軍に反撃していく。

連合軍は、にっちもさっちもいかなくなり、泗沘城を守っていた将軍は、唐本国に援軍を要請した。

天智二年（六六二年）二月ごろのこと、そうした激戦の続く中、大和朝廷に、百済での戦勝を誇示するためか、それとも再度の援軍を要請するためか分からないが、百済復興軍から唐軍の捕虜（ほりょ）が送られてきた。

「大王（おおきみ）、戦（いくさ）は連戦連勝と見受けられます。おめでとうございます」

臣官の中から大きな声が上がった
中大兄皇子（なかのおおえのおうじ）の脳裏に戦勝の鬨（とき）の声があがった。

――どの戦場でも、百済と大和の連合軍が勝利をおさめているのだ！――

彼はそう確信すると、待機中の二万七千人の援軍に出動命令を出した。

〈何と頼もしい軍団ではないか！〉

彼は、那大津（博多湾）を出て行く船影を恍惚として見送った。

一方、唐軍では、「暫らくの間、高句麗との戦いを一時中止せよ」との命令が下ると、再び全軍を百済と大和の連合軍に向けた。

百済と大和の連合軍の敗因となった原因は、それだけではなかった。そこにはとんでもない悲劇が待っていたのだ。

百済王になった余豊璋が、王の権限というだけで、犬上君の浅はかな進言に乗せられて、今まで百済を守ってきた唯一無比の大将軍鬼室福信を謀反の罪で処刑し、さらし首にしてしまったのだ。何ということを！

だが、そのことを大和朝廷は誰一人として知らなかった。

能力のない者が、急に大きな権力を握ったとき、最も大きな悲劇は生まれる。

大和朝廷の庇護の下に三十年間も安逸をむさぼってきた余豊璋が、いきなり王の称号をもらって、百済復興軍を指揮したことだけが悪いのではない。

大和朝廷では、これほどの大水軍を指揮したこともない阿倍比羅夫将軍に、大船団を任せた無知は誰の責任であろうか？

訓練の行き届いた唐・新羅の連合軍に、策も知謀もない将軍がどうしたら太刀打ちできるというのだろうか？　無謀にもほどがある！

白村江（はくすきのえ）の戦いは、戦いという戦いにもならなかった。

錦江の河口の白村江で待ち受けていた唐の大水軍に、大和の水軍は戦うほどの術（すべ）もなく、四〇〇艘の軍船を火の海にされ、瞬（またた）く間にその船影を焼き尽くされてしまった。

それは、まるで無抵抗の人間をひねり潰（つぶ）すような戦であった。

それに加えて、もっと無様であったのは、余豊璋が、何の恥ずかし気もなく、自分の子どもを置き去りにして、自分の身だけで高句麗へと逃げてしまったことであった。

何と惨（みじ）めな戦いであったろうか！

あっという間もなかった。任那（みまな）だけではない、百済も消滅してしまったのだ。

百済の敗軍は、かろうじて残っている船で船団を作ると、大和の敗軍に混じって、亡命者として大和に流れ込んできた。

その敗戦の兵と百済亡命者を那大津（博多湾）で迎えた中大兄皇子は、そのあまりにも変わり果てた姿を見て、息を飲んだ。

〈戦は負けてはならない。負ける戦は決してしてはならないのだ！　絶対に勝つという確信を持てるまでは、じっくりと綿密な準備が必要だったのに、わずかな欲のために、臣民にこれほどの大きな犠牲を払わせてしまった。何ということだ！〉

中大兄皇子は、船から降りてくる敗残兵や亡命者のひとりひとりに労(いたわ)りの言葉をかけた。

「大変でしたね……ご苦労でした……ご苦労でした……このご苦労が報われるときはきっと来ますからね……」

百済という国が崩壊して、民衆も家族もちりぢりばらばらになり、生き残った者の惨状を見たとき、彼は思わず涙を落とした。胸が詰まった。

〈この無垢(むく)の民を守らねば、何の私の存在価値があるというのだ！　この臣民には何の罪もないのだ！〉

中大兄皇子の脳裏に、唐の大軍が押し寄せて来て、大和の国をも蹂躙(じゅうりん)していく姿が映った。それだけはさせてはならないのだ！

〈私は、こんな感傷にひたっている場合ではないのだ！　唐からの侵略に備えなければならないのだ！〉

そう決心すると、中大兄皇子は、その惨めな敗残兵と、百済からの亡命者を引き連れ、飛鳥へと帰っていった。

五、大和朝廷の危機

一

天智三年（六六四年）――

天皇の全権を司る『称制』のまま、天皇と名乗らないで、中大兄皇子は飛鳥に帰り着くとすぐに、弟の大海人皇子を呼びつけ、国政の改革を言い渡した。

「ここで大和朝廷を盤石なものにしておかないと、何が起きるか分からないのだ。ついては、そなたに、冠位制度を改め、氏上の制度も厳然たるものになるように改革してもらいたい。その方法については、皇子に任せます」

そう弟に言うと、またすぐに中臣鎌足を呼んだ。

呼ばれた鎌足は、急に中大兄皇子の前に額ずいた。

「申し訳ないことをいたしました。斉明天皇のご出征の折、私がもっと強く諫めていれば、これほどの惨劇を起こさなくて済みましたものを……私の中に少しの邪念があったばかりに、大王には測り知れないほどの御苦労をかけてしまいました。平にお許しください」

　鎌足は、何度も何度も頭を下げた。

「いや、そなたのせいではない。天皇が御高齢であったことも考慮せず、私の中にも、もしや任那と百済が手に入ればという野心があったのは確かだ。私の方こそ、そなたたちに苦労をかけてしまった」

　中大兄皇子は、玉座を下りると、鎌足の所へと行き、その肩を抱いた。

「それよりもっと大変なことが待ち受けているのだ。こんな感傷にひたっている暇などないのだ。今からも私に協力して、この大和朝廷を守ってくれ！」

「はい！　私の生命は、最初から大和朝廷に捧げております」

「いつも苦労をかけるな……いや、今からが本当の苦労になるかもしれない。かつて経験したこともない国難が押し寄せてくるかもしれないのだ」

「入鹿を打ち果たしたときから、私の覚悟はできております」

　二人はがっちりと手を握り合った。

「我々が何をおいても早急にしなければならないことは、国防なのだ。白村江の遠征軍の将兵から聞いた惨状から推察するに、唐の大軍が押し寄せてくることを想定しておく必要があると思うのだ。あれほど四百隻からの船が燃え上がるのを見た唐の将軍たちは、大和の国を全滅させた、と思っているとも限らないのだ。『今こそ大和の国を手中に収めるときが来た』と攻めて来る可能性は大なのだ」

「私も、それを恐れています。早速に防衛の手配をしたく思います」

「そのためには、唐や新羅の軍がどこにどう攻めて来るのか知っている者が必要だが……」

「そうです。あの百済王の使者として、一族郎党を引き連れて、援軍の要請のために渡来して来た、義慈王の甥になる禎嘉王がいます。今は、百済からの亡命者の生活が成り立つように、朝廷と亡命者との中間役をやってもらっています」

「よし、すぐにその者を呼んでまいれ！」

二

中大兄皇子の前に伺候した禎嘉王が深く頭を下げて挨拶すると、すぐに声がかかった。

「そなたのことはよく聞いている。百済からの亡命者の生活が立ち行くように、住居から耕作地のことまでも世話しているとのこと、本当にご苦労さまです。このことは大和朝廷がしなければならないのに、そなた一人に任（まか）せてしまっているのは、本当に心苦しいのだが、白村江（はくすきのえ）の大敗で、この大和朝廷も混乱続きなのだ。暫（しば）し辛抱（しんぼう）してもらいたい」

「もったいないお言葉でございます。白村江のことでは、私にも責任があったと、ずっと心を痛めておりました。義慈王（ぎじおう）の使者として来たとはいえ、間違った進言ではなかったかと、悔やまれてなりません。使者として本当に良かったのだろうか、と今も思い悩んでおります。それにもかかわらず、これほど手厚く優遇していただいていいのだろうか、と心苦しく思いながら、日々感謝いたしております」

「いや、白村江の大敗は、あなたのせいではありません。すべて私の責任です。私の情報収集不足から出たことなのだ。今日来てもらったのは、そのことではなく、頼みたいことがあるのです」

「はい……私にお手伝いできることがありましたら、どんなことでも厭（いと）いません。どうぞ何なりとお申し付けください」

「どうだ、私に仕（つか）える気はないか？」

「はあ？」

「私に仕えて、この大和朝廷のために働いてもらいたいと、ここにいる内大臣の中臣鎌足（なかとみのかまたり）と相談していたのだ」

と言って、側に控えていた鎌足を促した。

「そうです。今からは、朝鮮事情に精通しているあなたの力を借りなければ、と中大兄皇子はおっしゃっているのです」

鎌足が初めて口を開いた。

禎嘉王は困った顔をしたが、断ることのできない亡命者であることを意識した。

「かしこまりました。私をいかようにもお使いください。よろしくお願いします」

「よし、これで決まった。そなたを『唐・新羅軍防衛将軍、禎嘉王』とする。中臣内大臣、異存はないな？」

「異存はございません。私も心強くなります」

「よし、何事も二人で相談してやってくれ。念のため、将軍が働きやすくするために、命名式を行うので、近々、一堂に集めてくれ」

そう言って、三日の後に、大臣以下、すべての重臣が朝堂に集められると、中臣鎌足と禎嘉王を従えた中大兄皇子が出座した。

「皆の者に言っておく。この非常事態に際し、国防に精通した人材が必要であることは、皆もよく理解していると思う。それで、ここに百済より渡来した、唐だけでなく、朝鮮情勢に誰よりも精通した人物がこの大和朝廷のために働いてくれることになった。百済の義慈王の甥にあたる禎嘉王である。このたびは、『唐・新羅軍防衛将軍』とし、今後は、外交、軍事については、すべて中臣内大臣とこの将軍に従ってくれ！」

そう言って中大兄皇子は、命名書と太刀ひとふりを手渡した。

三

禎嘉王は、重い足取りで屋敷に帰り着くと、大きな溜息を吐いた。そして、妻の之伎野に向かって言った。

「私は、百済王の使者として大和国に来たとはいえ、私の心秘かに思っていた本当の目的は大和国での平和な暮らしだったのだ。だから、一大決心をして、一族郎党までを引き連れてここまで来たのに……これで漸くそなたたちと平和に過ごせる安住の地を得たと思っていたのに、それも束の間の夢になってしまったなあ……やはり安住の地は日向国にしかないのかもしれないな。平和は遠くなりにけりだ……」

彼のひとり言に、妻がそうっと言った。

「少しお疲れのようですけど、何かあったのですか？」

「人間はどうしてこの平和だけではいけないのかなあ……家族皆で、毎日を平穏で、平和に過ごすだけでは、どうして満足しないんだろうか？　なあ？　そうだろう？　之伎野も平和だけでいいだろう？」

「ええ、そうです。私たち家族は今が一番幸せです。だって、生命が脅かされることの恐怖がなくなったのですもの。いつも大和の皆さまには感謝の毎日です」

「ところが、今から平和に過ごせるはずだった大和に向かって、唐や新羅の軍隊が侵攻してくるかもしれないというのだ。それでこちらは万が一のために防備をしておかなければと思うし、他方は、これを滅ぼしておかないといつ反撃されるか分からないから戦を仕掛けようとする……確かにどちらも正しいんだ。しかし、間違っている。話し合いをして、どちらもやめればいいのに、それができない。ようするに、戦わなければいられない。それが人間の本性かもしれないな。堂々めぐりというやつだ」

　と言うと、また彼は大きく溜息をついた。

「日向国って、いい所なんだろうな？」

　妻の之伎野が久しぶりに聞く夫の愚痴であった。いつも、この逞しい体の中にどうしてこんな優しい心があるのだろうか、と不思議に思う夫の愚痴であった。

　はっと我に返った禎嘉王が言った。

「それが思いも寄らない詔が私の上に下ったのだ。『唐・新羅軍防衛将軍』というのだ。大和の国全体を考えて、防衛の準備にかからなければならないのだ。当分の間、家族との団欒はおあずけだ。また甲冑を身に着けなければならないようだ。之伎野にも迷惑をかけることになるが、子どものことは頼みおくからな」

「どうぞ、お家のことは御心配なさらずに、お世話になっている大和のお国のために、存分のお働きをしてください」

翌朝、屋敷を出た禎嘉王の顔は、きりりと引き締まって、まるで別人であった。戦闘態勢の顔になっていた。

出仕した彼に、早速の難問題が待ち受けていた。

「唐からの使者が来ておりますが、いかがいたしましょうか？」

「私が逢おう」

と言って、接見すると、使者が言った。

「私は郭務悰と申します。おことづけを申し上げます。『百済を制圧した唐は、寛大な気持ちでもって、一度捕虜にしていた旧百済王の太子を、熊津都督に任じ、新羅王の弟と和親させました。これは、百済に置いている鎮将（占領軍）の劉仁願立ち合いの下で行われました。白村江で大敗した大和朝廷はいかがいたしますか、聞いてまいれ』とのことです」

使者の言葉が最後まで終わらないうちであった。

禎嘉王がいきなり怒鳴り声を上げた。

「無礼者！　唐の使者と言うから接見してみれば、何と無礼な！　単なる占領軍である鎮将の言葉ではないか。大和朝廷を何と心得ているのだ。しかも百三十人もの供(とも)を連れておしかけて来て威(おど)すつもりか！　そんなことで怯(ひる)む大和朝廷ではないわ！　大和朝廷の大王(おおきみ)にお目見えしたかったら、正式な使者を立てて来るように言っておけ！　出直してまいれ！」

今まで大きな声を出したことのない禎嘉王の怒声であった。

使者はほうほうの体(てい)で帰っていった。

すると、禎嘉王は、すぐに中大兄皇子(なかのおおえのおうじ)に呼ばれた。

「何か大声を上げて、唐からの使者を追い返したと聞いたが、良かったのかね？　逆に使者を怒らせて、収(おさ)まっている唐軍の戦闘意欲に火を点(つ)けることになるのでは……」

「そうです。私も、少し刺激が強過ぎたのではないかとは思うのですが……」

中臣鎌足(なかとみのかまたり)も同じことを言った。

「大丈夫です。彼らは正式な使者ではありません。単に探りに来ただけです。『白村江の惨劇を見た彼らは、大和朝廷はもう再起不能に陥(おちい)っているのではないのか、そうであれば、今、攻め込めば占領できるのではないのか』と、偵察に来ただけなのです。『我が唐の将軍は、旧百済を滅ぼしただけではなく、生き返らせて、新羅と和親させるほど心が広く、優しいのだ。今、大和朝廷が降伏して頭を下げてくれれば、唐の高祖は慈悲深いお方だから、とりなしてやってもいい』と、言わんばかりではないですか！　そんなことに付け込まれないためには、ここで弱みを見せてはいけないのです。僭越ですが、大和朝廷は健在なりと見せておかなければならないと思ったからです」

彼は、ほとんど鎌足に向かって、それを一気に言った。

「しかし、唐が怒って、百済を滅ぼした勢いで攻めて来ないとは限らないが……」

「大丈夫です。放っておけばいいのです。そうしたら、唐は必ず正式の使者を送ってきます。そのときになって対処すればいいのです。その裏づけとしては、まだ高句麗がいます。高句麗が健在である以上、はるばる海を渡って、この大和の国を攻める愚は犯さないでしょう」

「いや、戦は勝った勢いというのがある。そのときが今だと思ったら、やりかねないのが戦だ」

「それでも不安でしたら、万が一を考えて、その防衛措置を講じておけば良いかと……」

「あい分かった。そなたがその防衛措置を取ってくれ」

「それには随分な費用と時間と人員が必要です」

「そんなこと言ってはおれないではないか。そなたも、国が滅びたらどれほど悲惨な目にあうか、誰よりも知っているだろうが？　中臣内大臣と相談して、取りかかってくれ」

「かしこまりました」

そう言って、大王の前を辞した禎嘉王は、家路を急ぎながら、高ぶる心を押さえられなかった。『またやってしまった！』そんな気持ちであった。

〈一番平穏な生活を希望していたはずの自分なのに、それがまた遠ざかってしまった。なまじ他人より少しだけ経験を積んできたばっかりに、自分はいつも政治から離れられないでいる。政治から遠ざかろうと願えば願うほど、気が付いたときには、その真っ只中にいるのだ。そして、自己欺瞞のできない私は、他人から嫉まれ、恨まれる人生を送っている。それが私の人生なのだろうか？〉

彼の煩悶は続いた。

〈しかし、私は亡命者なのだ。しかも、こんなに実力のない私が、百済からの亡命者一族の生命を守らなければならない立場にいる。何の不服の言える立場であるものか！　亡命者家族のためにも、この恩ある大和朝廷のためにも、この身を粉にしてでも働かなければならないのだ！　ここまで来た以上、もう進むしかないのだ！〉

四

防衛準備に取りかかった大和朝廷は、多忙を極めた。特に、中大兄皇子、中臣鎌足、禎嘉王は、座の暖まることもないほどであった。

「大王、唐、新羅が攻めて来るのは、最先に筑紫（博多）ではないでしょうか？」

「私もそう思う。敵はそこを占領して、まず足場を固め、それからじっくりと攻めてくるに違いない。それを防ぐには大宰府をしっかり守らねばならないが、水城を作ったらどうかと思うが？」

「大王、私もそれが最善の策かと思っていました。近くを流れる三笠川から水を引けば、立派な水城が出来上がることでしょう」

「それだけでは心もとないから、近くにある小高くなった大野台地に城を築かせよう。防衛に相応しい堅牢な大野城を築くのだ。すぐに取りかかるように使者を出そう」

中大兄皇子と中臣鎌足の呼吸はぴたりと合っていた。

小気味よいほどに分かりあっている二人を、禎嘉王は眩しそうに見ていた。ふたりが健在なうちは、大和朝廷は安泰だと思った。羨ましいかぎりであった。

「大王、私も一言よろしいでしょうか？」

「何の遠慮も気遣いも不要だ。何でも言ってくれ」

「はあ！　もし唐、新羅の軍船が筑紫へ行かないで、瀬戸内海から直接飛鳥に向かってくることも想定しておく必要があるのでは？」

「おお、そうだ！　さすがに唐の事情に詳しいそなたならではの想定だ。そなたは『唐・新羅防衛将軍』なのだ。中臣大臣と協議して、万全の体制を作ってくれ」

「かしこまりました」

そう言って、鎌足と禎嘉王は、協議を重ね、早速に、対馬、壱岐、筑紫に使者を出し、防人の手配をすると、狼煙台を作らせた。

五

翌、天智四年（六六五年）――

禎嘉王は、中大兄皇子の許可を得ると、大和朝廷の名の下に、百済亡命者たちを集めた。

「瀬戸内への敵侵入防止のために、答㶱春初殿は長門の国に。大宰府防衛のために、憶礼福留殿は筑紫の大野に、それぞれ城を築いてもらいたい。これは、百済文明の威信にかかわることだから、見事な物を造り上げてください。よろしくお願いします」

そう言って、手配したが、まだ瀬戸内の敵侵入の不安は消えず、朝廷は、高安城（河内）屋嶋城（四国讃岐）金田城（対馬）と、次々に構築していった。

と、そうした手配が終わったときであった。

再び、二百五十名からなる唐の使節団が到来した。今度は、本国からの劉徳高を首席として、前回の郭務悰までを従えた正式な使節団であった。

拒否する理由はなかった。朝廷は、その使節団を丁重にもてなした。だが、信用はできない。

「今は戦うときではない。じっと唐の動きを見ているときではないのか？」

「それにしても、新羅の文武王と、百済の隆太子を和親させたばかりか、領土までも安堵させたほど唐の高祖は慈悲深い人だと言ってはいるが、どこまで真意があるのか、今はそれを見定めることが大事だよ。丁重にもてなしておいて、大和の国は安泰だと、閲兵式をやるのもいいかもしれないな。そして、帰りには大量の貢物を持たせて帰すことだ。とにかく今は、大和の国の防備がかたまるまでは、波風を立ててはいけない」

そう言って、歓迎式が終わると、多大な貢物を持たせ、「遠いところをご足労いただきましたから、大和朝廷も御返礼といたしまして、使節団を派遣させていただきます」と言っておいて、すぐに遣唐使として守大石を派遣した。

　そして、翌天智五年、唐から帰国した守大石は、まだ夢から醒めやらずの表情で、中大兄皇子に報告を始めた。

「遣唐使は我々だけではありませんでした。新羅をはじめ、百済、耽羅（済州島）もいましたし、南方からも来ていました。それに驚いたことに、高句麗からも派遣されて来ていたようでした。『今こそ唐の高宗が天下を治めることになったのだ』と、泰山の頂で、天に報告する封禅の義であったと同時に、『ここに参集した者はすべて高宗に隷属せよ、さもなくば滅ぼしてしまうぞ』という暗黙の脅迫が漲っている儀式でありました。どの国の遣唐使も圧倒されて、貢物をささげただけで、恐れ入ってしまったのか、何一つ言葉も出せませんでした」

「いや、御苦労でした。他に気になることはありませんでしたかな？」

「はい、それが、百済に立ち寄ったときのことです。高句麗について、変な噂話を耳にしたのですが……確かなものではありませんが……」

「いや、何でもいいから聞かせてくれ」

「高句麗で、権勢を欲しいままにしていた泉蓋蘇文が死亡しておりまして、その後、三人の息子たちの間で内部紛争が起きているようでした。長子の意見は聞かず、弟の一人は唐に通じ、もう一人は新羅に投降している様子でした。唐は、この通じてきた一子を利用して、好機到来とばかりに、高句麗討伐軍の準備をしているとの噂でした」

「守大石、でかしたぞ！　よくぞ知らせてくれた。礼を言うぞ！」

中大兄皇子は、思わず膝を叩いた。

「聞いたか！　噂は間違いないと思わねばならない。きっと唐は、高句麗征討軍を起こすに違いない。我々も何らかの手を打たなければならない……禎嘉王、難波湊の防衛は準備万端抜かりはないだろうな？」

「はい、着々と進んでおり、もうすぐ完成を見ることができると思います」

「だが、今の防衛体制ではまだまだ不安が残る。ここ飛鳥は難波に近過ぎる。もし万が一、唐の遠征軍が一気に瀬戸内を突っ切ってきたら、必ず難波湊に上陸するはずだ。そこで食い止めることは至難の技となるのは必定だ。危険過ぎる。そうなのだ。万が一を考えて、思い切って都を近江に移そう。異存はないな！」

「はい、異存はございません」

鎌足と禎嘉王は深々と頭を下げた。

六、近江遷都

一

天智六年（六六七年）――

大和朝廷は、都を近江に移した。

飛鳥から、幾重にも連なる山脈の狭く曲がりくねった坂道を登っては降りを繰り返し、深い霧の中を分け入った。この先に人家があるのかと危ぶませるほどの山また山の険しい道であった。

そして、漸く辿り着いたのが、近江の大津宮であった。

道々、心細くなっては、口の中でぼそぼそと不平を言っていた遷都の行列も、琵琶湖の景色に接すると、我を忘れたように、大歓声を上げた。そして、今からの平和が長く続くように祈った。

その行列の喜ぶ姿を見た中大兄皇子は、近江遷都は間違いなかったのだと確信した。

〈これで大和の民を守れるのだ。たとえ、何が起ころうと、大和朝廷は安泰なのだ〉

と思った。

安らかな日々が続いた。

世界情勢がいかに不安であろうと、この近江は別天地であった。この大和の国に対して、唐や新羅からの脅威があるなんて、想像もできないほどの平和が、この近江を被っている。

そんな感じであった。

中大兄皇子は初めて緊張のひもを解き、休息という言葉を思った。大化の改新以来、今まで休むこともなく突っ走ってきた。ただひたすら大和の国の安寧を祈って、そのことのみに全神経をすり減らして生きてきたようであった。

〈ここらで少しぐらい心身を休ませても、罰は当たるまい。この近江は、湖畔をひとりで散策しても安心ではないか……〉

彼はそう思って、いつものように桜の散り始めた黄昏時に、休息のための時間を作り、琵琶湖の岸辺を散策し、さわやかな気持ちになっていた。そうして、大津宮へと帰ろうとしたある日のことであった。

赤い夕焼けの先、桜の散る中に、二人の供を連れた女性の近づいてくるのが見えた。

彼は見惚れた。

「おお！　何と……」

感嘆の声を上げ、そして、待った。

まさしく絵であった。女性の姿もまさしく絵であった。自然の美が女性とひとつになって、そこにあった。

女性が近づいてくる……と、彼を中大兄皇子と気が付いたのか、慌てたように頭を下げた。

「おお、そなたは、あのときの……那津（博多）へ遠征した折に、熟田津で短歌を詠んだ、

　熟田津に　舟乗りせんと　月待てば
　潮もかなひぬ　今は漕ぎ出でな

と歌った……確か額田王ではないのか？」

「はい、さようでございます」

女性の頬が夕陽に真っ赤に染まっていた。

中大兄皇子は恋に落ちた。

彼には、皇后と二人の妃がいて、采女にまで手を伸ばしたが、どの女性にもこんな感情を懐いたことはなかった。それなのに今度だけは胸の奥から情が湧き上がってきて仕方なかった。

彼は、その場から彼女を強引に連れていった。

そして、額田王の教養の深さにも、彼は驚いた。

どんな短歌を投げかけても、彼女はそれに答えた。

心に触れても、肌に触れても、その魅力は深まるばかりであった。汲めども尽きぬ女性の魅力とは何なのだ！

彼はますます恋に酔った。一時も離したくない。彼は溺れた。

政務は二人に任せておけばいいのだ！

そして、半年は瞬く間に過ぎた。

二

「困ったことになりましたな……まさか大王が女性に溺れるとは信じられません。まして、相手が、選りに選って額田王とは……後で何事も起きらねばいいのだが……」

中臣鎌足は、「自分の 弟君の大海人皇子の妃である額田王を……」と心の中で言っただけで、口には出さなかった。

いつも陰になり、日向になって、中大兄皇子を補佐してきた鎌足であったが……。

鎌足の言葉がまるで聞こえなかったかのように、禎嘉王は黙って聞き流した。

どれほどしっかりしていると思われる者でも、恋の道に歯止めはない。人間、いつ自分が同じ道を辿らないとも限らないのだ。

でも、この場合は違うのだ。大和朝廷を背負っていかなければならない大王なのだ。

「今年ももう暮れが近づいてきましたな……大王に『大和からの遣唐使派遣への返礼として、百済にいる唐の鎮将軍の劉仁願の使いが筑紫（博多）に来ている』と、お伝えしても、『どうせ大和朝廷と高句麗が手を結ばないように釘を刺しに来たことなのだから、二人で適当にあしらっておいてくれ』と言っただけで、もう長いこと政務に戻ろうとしないんだ。どうしたものか……二人で処理できないことではないが……」

鎌足の言葉に、禎嘉王が答えた。

「大王も、多忙を極めたことでしょうから、その心労を思ったら、少しぐらいは女色におぼれることも無理からぬことと思われますが、そうも言っていられないのが、頂点におられる方の、重い重い責任なんでしょうね」

「だから困っているのです。近江に遷都したとはいえ、大津宮も出来上がったのに……」

鎌足は思わず胸を叩いた。

「おお、そうだ！　いいことを思いついたぞ。遷都も終わっているのに、最も肝腎な天皇即位の式がまだ残っていたのだ。早速、大王にはかって、来年早々にでも実行に移そう」

三

天智七年（六六八年）――

前年度から、中臣鎌足を中心に用意された天智天皇の即位式は、群臣をはじめ、地方の豪族も集められ、盛大に行われた。

中大兄皇子から、正式に天下に号令をかける『天智天皇』となったのだ。

その厳かな姿の天皇を見た鎌足は、秘かに涙を浮かべていた。

〈何と立派になられたことだろう！　何と威厳に満ち、大きくなられたことか！　これで大和朝廷は揺らぎないものになっていくに違いない……〉

鎌足は、お祝いの挨拶も忘れ、天智天皇の姿に見惚れていた。そして、その感動で、体がふっと浮き上がるのを覚えた。

「内大臣！　大丈夫ですか？」

と言って、側にいた禎嘉王が、軽く彼を支えようとした。

「いや、何ともない。何ともないのだ。大王があまりにも立派になられたので、嬉しくてね……やはり女色に溺れるような御ひとではなかったよ。大化の改新の頃の大王を思い出すとなあ……」

鎌足の横顔に、禎嘉王は不安を覚えた。

そして、一月、二月と過ぎるほど「皇子」から「天皇」に変わってからの天智天皇が一回りも、二回りも大きくなっている姿に、鎌足は、安堵の気持ちを大きくした。同時にいつか自分の手の届かない存在になっていることを思った。

「いや、いや、私の後は、禎嘉王、そなたに任せておけば……」

「滅相もありません。内大臣、そんなこと言っておれませんよ。私の力のおよばないことが山積しております。海外事情が許してくれませんよ。きっと、まだ大変なことが起きます。内大臣には、ますます重要案件が舞い込んできますよ」

禎嘉王は、鎌足を励ますように後を続けた。

「現に、まだ天皇即位のお祝いの宴が終わっていません。皇族一同だけでなく、群臣も集う行事となりましょうから、内大臣が休めるのはまだまだ先の方ですよ。それに全国の戸籍制度の充実をはかって、良民と賤民の区別をはっきりと付け、大和朝廷の確立を不動のものにするようにご指示を受けてあるのではないですか？　私も微力ながら、お手伝いさせていただきます。早速、宴の準備にかかりましょう」

そう言って、天皇即位の酒宴が始まったのは、三月の桜が満開の季節のころ、琵琶湖の湖畔の楼閣であった。

誰もが時を忘れ、湖の景色に、さざ波の光に、そして美酒に酔い痴れた。

この近江遷都以来、何と穏やかで、幸せな一時であったろうか！

短歌を投げれば、短歌を返す余興もあった。

と、天皇の弟の大海人皇子がとんでもない短歌を投げた。

君想い深い闇夜に寝返りて
　胸の鼓動にひとり聞き入る

何ということだ！　突然、周りが静まり返った。

誰もが、女性を盗られた大海人皇子の恨みの短歌か、と思った。

好奇の目が一斉に、天智天皇の近くにいた額田王に向けられた。

彼女は思わず目を曇らせると、俯いてしまった。

が、誰からともなく、わっと喝采が起きた。

「戯れだ！　遊びだ！」

そう叫ぶと、大海人皇子は、すぐに欄間に掛かっていた長槍を取ると、そのまま中央に出て、舞い始めた。そして、いきなり敷板を刺し貫いて見せた。

「無礼者！　宴の席で長槍を振り回すとは、天皇への反逆か！　殺せ！　殺してしまえ！」

天智天皇の怒声が響いた。

あたりは静まり返った。

「暫らく！　大王！　暫らくお待ちください！」

鎌足が進み出ると、天智天皇の前に額ずいた。

「ならん！　皆の面前で、私に殺意を見せたのだ。生かしてはおけん！　切ってしまえ！」

天智天皇の声も震えていた。

「いいえ、殺意ではありません！　大海人皇子は、お酒が過ぎての余興のつもりで、皆さんを楽しませようとしただけです。単なる戯れでやったことです。どうぞ大王の広い御心でお許しください。今日は、大王の天皇即位のためのおめでたい御席です。私に免じて、どうかお許しください」

天智天皇の顔が少し和らいできたのを見た鎌足は、大海人皇子を促し、その場を引かせた。

この事件があって、二人の間には微妙な空気が漂い始めた。

ところが、そんな小さな事件を吹き飛ばすような情報が飛び込んできたのは、その年も押し迫ったころであった。

その知らせは、禎嘉王が、百済からの亡命者や難民の暮らしが立つように、種籾などを与え、未開地の東国に入植させるなどの手配に没頭していた彼の元に届いたものであった。

彼は、すぐに鎌足と連絡を取り、天智天皇の所へと急いだ。

「大王、大変なことになりました。高句麗が滅びてございます」

「何だと！　そうか、やはりそうなったか。あれほど唐の大軍に六年以上攻められても、降伏しなかった高句麗が滅びたとは、到底信じがたいことだが……」

「遣唐使だった守大石殿が言っていたとおりになったようです。後継者争いで兄弟三人が分裂したことが最大の原因ではないでしょうか？　上に立つ人の結束が弱くなると、実に脆いものです。あれほど手強かった高句麗が一カ月で滅ぼされてしまいました。内部に手引きする者がいて、瞬く間に城は破られ、高句麗の宝蔵王は降伏し、唐に連行されたそうです」

「ということは、唐は新羅と一緒になって、この大和の国に押しかけてくる可能性が強くなったということか？」

「まだその懸念は必要ないのではないでしょうか。唐は、百済、新羅、高句麗の三国を占領したとはいえ、まだ完全に支配してはいません。いつまた反乱が起きるか分からないのに、我が国まで攻めてくる愚は犯さないと思われます。しかし、相手の考えることは、何をするか分かりません。ですから、念のためにいつでも戦える用意だけは……」

「そうだ。そうしておこう。そして、念には念を入れて、遣唐使を派遣し、高句麗平定のお祝いを出しておこう。それだけで唐が攻めてこなければ、最高にいいことではないか」

七、鎌足の死

一

国家というものは、何とも不思議なものである。外敵がある場合は私情を捨てて、その外敵に全力で立ち向かうのに、その恐怖がなくなると、今度は内部で燻（くすぶ）り始める。

大和（やまと）朝廷も同じであった。

天智天皇には、皇后（こうごう）と二人の妃（きさき）がいたのに、生まれた子どもは女性ばかりで、ただ一人の皇子は、女官の宅子娘（やかこのいらつめ）が生んだ大友皇子（おおとものおうじ）だけであった。

当然、天智天皇は大友皇子をかわいがり、後継者として立派に育てることに力をそそいだ。

禎嘉王（ていかおう）に、渡来人の中から沙宅紹明（さたくしょうみょう）・答炑春初（とうほんしゅんそ）の二人を選ばせ、大友皇子の教育係を命じた。

そうすると、天皇の期待に応えて、大友皇子は瞬(また)く間にめきめきと成長し、王者としての風格を身に付け、皇位継承に相応(ふさわ)しいほどの品格を現した。

そんな成長した我が子を見るたびに、天皇は目を細め、得意げに、中臣鎌足(なかとみのかまたり)に、

「大友皇子を頼むぞ」

と、声をかけた。

天智天皇は、それまでは「大友皇子はまだ若いし、次期天皇皇位継承者は、弟の大海人皇子(おおあまのおうじ)にする」と言っていた。朝廷内の声望もあり、誰もが次期継承者は、当然、大海人皇子がなるものと思っていた。

そこに悲劇は生まれる。

権力者に、親子の情が生まれたとき、悲劇は生まれるのだ。

天皇の言葉に、鎌足は、

「かしこまりました」

とだけしか言えなかった。

鎌足は、禎嘉王と二人になると、その愚痴(ぐち)をこぼした。

「困ったことです。天皇は、大友皇子はまだ若いから、一度、弟君(おとうとぎみ)の大海人皇子に皇位(こうい)を譲(ゆず)って、大友皇子が立派に成長した時点で、今度は大友皇子に譲ってもらったらいい、とお

っしゃっていたのだが……」

「それを思い切って、大王（おおきみ）におっしゃって見たらいかがですか？　内大臣のお言葉でしたら、聞き入れるのではないでしょうか？」

「いいえ、それは皇室の問題です。決して私たちが口を挟（はさ）むことではないのです。しかし、親が子のことを思う気持ちは、天智天皇でも同じかもしれません。でも、それは大変なことです。失敗すると、大和朝廷を揺（ゆ）るがすほどの問題に発展しないとも限りません。それを思うと……」

鎌足の表情に疲労がにじんでいた。

「内大臣、少しお休みになられたらいかがでしょうか。そんなに考え詰めると、お体に障（さわ）ります。拝見していますと、去年の天皇即位式の頃からお疲れのようで、お体に障りがあるのではないかと心配しているのですが……」

「分かっていましたか……でも、大化の改新以来、大王は血の滲（にじ）むような御苦労をなされて、今日（こんにち）までの大和朝廷を作り上げてきたのです。それが揺（ゆ）らぐようなことにでもなったらと思うと……」

禎嘉王は、慰（なぐさ）める言葉もなかった。

天智天皇と鎌足の二人で築いてきた大和朝廷であるだけに、誰もそれ以上は踏み込むことはできなかった。

二

だが、禎嘉王の推察したとおりであった。

心労と激務が続いたせいであったろうか、年が明けた天智八年（六六九年）ついに鎌足は病に倒れ、床に伏した。

障子を開けると、秋風がそよと吹き込んでくる季節になる八月も終わろうとするころであった。

急ぎ天智天皇はその枕辺に駆け付けると、どかりと座った。見舞いの言葉も上ずっていた。

鎌足の変わりように、天智天皇はがっくりと肩を落とした。

起き上がろうとする鎌足に、

「いや、そのまま、そのままでいいのだ！」

と言ったが、鎌足は強いて病床に起き上がった。

天智天皇は、すばやく鎌足の背に手を置くと、その背をさすった。

「もったいのうございます……もったいのうございます……」

鎌足の肩が震え、声が震えたかと思うと、涙が頬をつたわった。

「何を言うか！　私とそなたは一心同体ではなかったか！　私の中にはいつもそなたがいて、私を助けてくれたではないか。元気を出してくれ！　そなたがいなくなったら、私はどうなるのだ。そなたのお陰で、私の今があるのだ！　元気になってくれよ！」

と、鎌足の枕辺で、慰めの言葉をかけた。

それからは、政務をこなしながら、三日とあけずに鎌足の枕元へ来ては、慰めの言葉をかけ続けた。

ああ、その甲斐があったのだろうか？　それとも鎌足の気力が勝ったのだろうか、九月にはいると、少し病床から起き上がり、庭の景色が見られるほどに回復したのだった。しかし、「こんなにしていてはおられないのだ！」、そう言って鎌足は、気力を振りしぼって出仕すると、天智天皇と二人だけになることを願い出た。

「大王、大化の改新以来、何の力もないのに、私は言葉ではいい尽くせないほどの御恩と御寵愛を賜りました。御礼の申し上げようもございません。いつも、いつも感謝してまいりました」

「今更、何を言うか。私の方こそ、そなたにいつも感謝していたのだ。そなたは、私の腕であり、いや、分身であって……いや、いや、一心同体だと私は思ってきたのだ。それなのに、今更改まって、今日はどうしたのだ！」

　天皇を見つめる鎌足の目にはうっすらと涙が浮かんでいた。顔はやつれて、頬骨があらわになっていた。

「身にあまるお言葉、この鎌足、身に染(し)みてございます。生涯の思い出に胸の奥深く刻(きざ)み込みまして、あの世へ行けます」

「何を言うか！　顔色も良くなってきているではないか！　まだまだ働いてもらわねばならないのだ。大和(やまと)朝廷は今からなのだぞ」

「申し訳ございません！　私としても残念でなりません。しかし、自分の体のことは自分が一番知っております……」

　そう言って、言葉を切った鎌足は、天皇の顔をじっと見つめて、後を続けた。

「大王、私の最後の我儘(わがまま)をお許しいただけましょうか？」

「おお、何でも聞こう。何でも許すぞ」

　天智天皇は、鎌足の言葉には、もう逆らわなかった。静かに聞き入った。

「私の遺言として聞いてください。唐(とう)や新羅(しらぎ)などとの外交問題は禎嘉王にご相談していただけば、道は拓(ひら)けると思います。それよりも、弟君(おとうとぎみ)の大海人皇子(おおあまのおうじ)のことです。どうぞ弟君を大事にして、皇子が働きやすいように考えてあげてください。大王が、自分のためにこれほど気を遣ってくれている、と思わせるようなことを考えてあげることが、大和朝廷の安定維持になるのではないでしょうか？　出過ぎました暴言をお許しください……」

天智天皇は、思わず鎌足の手を握った。

「分かった。そなたの思いは分かったから、そんな心配はしないで、ゆっくりと養生してくれ。そして、いつまでも私の側（そば）で、私を助けてくれ！」

「ありがとうございます。いつでも私の我儘をお許しいただきまして……」

そう言って、家に帰った鎌足は、どっと倒れるように床（とこ）に伏してしまった。

そして、翌日、天智天皇は、大海人皇子を呼ぶと、鎌足の所へ急がせ、大織冠（たいしょかん）という最高位の冠位と大臣（おおおみ）の位を授け、『藤原』という氏名（うじな）を送った。

そのとき鎌足は、大海人皇子に、「天智天皇を頼みます」とひとこと言った。

そして、そんな鎌足の心配をそこに置いたまま、秋も深まった十月の終わりに、鎌足は五十六歳の生涯を閉じたのだった。

八、天智天皇の決断

一

鎌足の死後、天智天皇は、落胆のあまり、政務も手に付かぬほど気落ちしていた。今更ながらに鎌足の大きさを思った。

〈この大和朝廷を支えていたのは、この私ではなく、鎌足だったのだ。すべて、自分がこの国を動かしていると思っていたが、自分は何もしていなかった。鎌足がきっちりと守っていたのだ。その鎌足がいなくなって、初めて、今までいかに自分を守っていてくれたかを痛感している私とは……もっと鎌足を大事にしておかなければならなかったのに……今から私はどうしたらいいのだろうか？〉

何もできなくなった天智天皇を、激励する者も、意見を言ってくれる者もいなかった。誰もがただ黙って見守っているだけであった。

だが、そんな彼を、世界の事情は休ませてはくれなかった。

翌、天智九年（六七〇年）――

天智天皇の前に、亡命者の世話をしているはずの禎嘉王が、筑紫（博多）からの使者を連れて、「至急のお目通りを願います」と飛び込んできた。

天智天皇が、はっと我に返ったのは、このときであった。

〈今まで自分は何をしていたのだ！　鎌足の遺言を忘れて、私は何をしていたのだ。鎌足、すまない！〉

天皇は、ひとりそう呟くと、使者の前に悠然とした顔を作って現れた。

「大王、御健勝の御様子で……」

禎嘉王の言葉の終わらないうちに、彼はそれを遮った。

「挨拶はよい！　用件を聞こう。筑紫から来たというなら、ただごとではあるまい」

「ははあ……朝鮮にて、またも戦が始まった様子にございます。詳しくは使者の方から直接お聞きください」

禎嘉王はすぐに筑紫の使者と代わった。

「大王に申し上げます。すでに滅んでいたはずの高句麗の残党が反乱を起こしました。それに加担するように、唐と一緒になって任那を滅ぼし、百済を滅ぼし、遂には高句麗までも滅ぼした新羅までが軍を整えて、今度は逆に高句麗と連合して、唐の支配下にあった旧百済に侵攻いたしました。奴隷扱いされて、約束が違うと、怒り始めたようです」

「一体、あの朝鮮という所はどうなっているのだ。そして、その後は?」

「その後のことは分かりません。分かり次第、次の使者が出せる準備はしております」

「御苦労でした。帰って、ゆっくり休んでおくれ。禎嘉王には、今から重い仕事をしてもらわねばならないから、残っておいて……」

「ははあ、かしこまりました」

二

翌日になると、禎嘉王は早速天智天皇に呼ばれた。二人だけの会談であった。

「禎嘉王、そなたとも大分長い付き合いになるのう。いつも無理なことばかり言いつけて、すまないと思っているぞ」

「滅相もございません。百済の多くの亡命者の中から、私だけをここまで御寵愛いただきまして、感謝の言葉もございません。そのご恩に比べたら、私はどれほど働いても、その万分の一にも足りません」

「いや、それがな、鎌足(かまたり)の逝去(せいきょ)は、今までの人生の中で、一番の衝撃であった。私の心にずしりと来たのだ。私は鎌足が死ぬなどとは想像もしてなかった。それが突然に鎌足が消えたのだ。今でもこの胸にぽかりと穴が開いたようでな」

「大王(おおきみ)、そのお言葉だけで、鎌足殿は十分に満足していることと思います。きっとそうに違いありません」

「考えれば考えるほど、惜しい男をなくした。この大和(やまと)朝廷にはなくてはならない逸材(いつざい)だったのに……この私のために私情の一切を棄(す)てて、一点の邪念(じゃねん)もなく尽くしてくれたのは、鎌足とそなただけであった」

「決して、決して！　もったいないお言葉にございます」

「そこでな、改(あらた)めて鎌足の遺言を考えてみて、将来の大和朝廷の組織を思い切って刷新しようと思って、一切の官職を具体的に決め、正月に発表することにしたのだ。そなたは、どう思う？」

と言って、天智天皇は、一つの巻紙を彼に渡した。

それにはこう書いてあった。

太政大臣　大友皇子
左　大臣　蘇我赤兄
右　大臣　中臣金
御史大夫　蘇我果安
　　　　　巨勢比等
大納言　紀大人

禎嘉王が少し首を傾げた。

と、天智天皇が言った。

「もちろん、そなたには今までどおり『唐・新羅防衛将軍』は続行してもらう」

「いいえ、私のことではなく、弟君の大海人皇子の御名前がございませんが、いかがなことでしょうか？」

「ああ、そのことか。分かっているだろう？　私の後を継いでもらうからだ」

禎嘉王は、一瞬耳を疑った。

「ご本心ですか？　大友皇子ではなく、本当に大海人皇子に継承させるのですか？　思い切ったご決断を……」

「いや、いや、最初から決めていたこと。大友皇子はまだ未熟だ。大和朝廷を背負っていくのはまだ無理だよ。大海人皇子に皇位を継いでもらって、大友皇子を教育してもらい、皇位に相応しく成長したと、判断したときに譲ってもらう。それが大友皇子のためなのだ」

禎嘉王の目に涙が浮かんだ。

「大王、大変なご決断を……」

後は言葉にならなかった。

三

天智十年（六七一年）——

人間、誤解が深まると、やがてそれは猜疑へと変わっていき、そこにはまた新たな悲劇が生まれる。

正月に、天智天皇により、新設の官職が発表されたときのことであった。

大海人皇子は、すべての重臣の官職の発表があったのに、最後まで自分の名がないことに不信を懐いた。「額田王を盗られた」と思っている彼には致命的な発表であった。

皇位継承のことは、最後まで言えないと考えている天智天皇の深い心のうちを押しはかって見るほどの余裕は、大海人皇子にはなかった。日々、彼の猜疑心は強くなった。
〈天皇即位式のとき、あの宴席で長槍を振り回したことをまだ根に持っているのだろうか？
　それとも、私が天皇の椅子を狙っているとでも思っているのだろうか？　いや、もっと恐ろしく、私を大和朝廷から抹殺しようとしている証ではないだろうか？〉
　次から次に猜疑心が深まっていくと、大海人皇子の脳裏には、天智天皇によって大化の改新以来、抹殺された皇子や大臣たちの顔が浮かんでは消えた。

　そうしたときであった。再び筑紫（博多）からの使者が大和朝廷に飛び込んできた。

「大王に申し上げます。唐は、滅ぼしたはずの高句麗の反乱を今もって鎮圧できなくて、ほとほと弱り切っております。今度は百済、新羅も一つになって、三国で抵抗しているからもしれません。至る所で手を焼いているようです」

　使者は、途中で水を求め、後を続けた。

「このたびの唐からの使者は、今まで二度も来朝したことのある郭務悰という方ですが、今までと全く様子が違います。四七艘の大船団を率いており、人員は二千人におよぶものでした。難波へ直接行って驚かせてはいけないと、最初筑紫に来て、大王のお許しを得たいとのことでした。筑紫の舎人は、最初は『すわ戦か！』と構えましたが、武装していたのはそのうちの六百人で、後の千四百人は白村江の戦いでの我が国の捕虜ということで、大和朝廷へ送り届けに来たとのことでした」

「おお、それほどの兵士が生き残っておったか！　良かった。実に良かった！　だが、それで、先方からの条件は何なのか？　まさか無条件で返すはずはないと思うが……」

「はあ、条件は、この三国討伐のために、唐への援軍を出していただきたいとのことでした」

「そんな虫のいい話があるか。あれほど白村江で大和の兵を殺しておいて、今度は援軍を出せというのか……あい分かった。御苦労でした。重臣たちとはかって、近いうちにそなたに返事を持たせるから、それまで待っていてくれ」

　そう言ったものの、重臣たちといい知恵はないものかと協議したが、三日経っても、誰からも一言の進言もなかった。

〈ここに鎌足がいたら、即座に進言してくれたろうがなあ……〉

と思うと、情けなかった。こうなれば、独断で指示を出すしかなかった。

「禎嘉王、できればそなただけは側に置いておきたかったが、こうなれば仕方ない。そなたはただちに難波へ走って、難波湊の防衛の充実に当たってくれ。私の返事一つで唐との戦にならないとも限らないからだ。長期になろうから、一族郎党を連れて行くのだ」

　天智天皇は、少し寂しさを見せたが、後を続けた。

「もし援軍を出さないと返答すると、唐軍のことだ、その船団で難波まで一気に押し寄せてくるかもしれない。そして、六百人もの武装軍団であれば、捕虜を楯（たて）にして、見せしめのために捕虜を一人ひとり殺戮（さつりく）することぐらい平気な軍団に違いないのだ。だから、何が起きてもいいように、難波湊を万全なものにしておかなければならないのだ。禎嘉王、用意の出来次第すぐに出発してくれ」

「かしこまりました」

そう言うと、禎嘉王は、五日を待たず、難波へと走った。

九、天智天皇の逝去

一

鎌足の死はあまりにも大きかった。

それに加えて、もう一人の股肱の臣禎嘉王を、唐・新羅軍侵攻防衛のために難波へと派遣させねばならなかった天智天皇は、恐ろしいほどの孤独感に陥っていた。

単に寂しいのではなく、今まで築いてきた大和朝廷が瓦解していくような恐怖さえ覚えた。

〈どうにかしなければならないのだ！〉

多くの重臣がいても、誰一人として頼れる者のいない天智天皇は、すべての政務を一人でこなさなければならなかった。そうした激務の中で、天皇は心労のあまり、遂には病に倒れてしまった。どれほど気力を振り絞っても、天皇は再び病床から脱け出すことはできなかった。

天智天皇は焦った。そして、初めて死を意識した。

〈後継者としては大友皇子（息子）では到底無理だ。まだまだ未熟だ！　白村江の大敗の痛手が癒えていない今、この大和国を支えていけるほどの力量には育ってない。今のうちに政権の確立を図っておかないと大変なことに……決心しなければならないときが来たのだ〉

そう思った天智天皇は、病床の中から弟の大海人皇子に使いを出した。

二

何ということだろうか！

大海人皇子は、「大王のお呼びでございます」という言葉に震え上がった。

〈殺されるかもしれない！〉

瞬間そう思うと、足が竦んだ。彼は部屋の中をうろうろと動き回った。

〈どうするか、どうするか？　行かなければ謀反の罪で、この屋敷は兵士に囲まれてしまう。行こうが行くまいが……そうであれば、行くしかないのだ！〉

漸くそう決心を付けて、屋敷を出ようとしたときであった。彼を呼びに来た蘇我安麻呂から「大王とのお話は、言葉を選んで御返事なさるが賢明かと思われます」といわれ、ますます彼は冷静さを失っていった。

自分の首が、胴から離れたさまが目に浮かんだ。脇からは冷汗が流れた。天智天皇の病状は、想像以上に悪化していたが、それすらも気が付かないほど彼の気持ちは上ずっていた。

「大王、御見舞いにお伺(うかが)いいたしましたが、いかがでしょうか？」

それが彼の精いっぱいの言葉であった。

病床から天智天皇の手が伸びてきた。

大海人皇子は、思わず周りを見回した。それが殺しの合図に見えたからであった。

いや、違う！　彼の手を求めていただけなのだ。

彼は、はっとそれに気が付くと、天皇の手を握った。

力ない手であった。いや、これも天皇の演出ではないのか？

「大海人皇子、そなたが私の後を継いで、大和朝廷を守っておくれ。大友皇子はまだまだ未熟だ。そなたが天皇になって、大友皇子を教育し、皇位継承に値すると思ったら、後継者にしてもらいたい。もしそれに相応(ふさわ)しくないと判断したら、そなたの思いどおりにやってくれ」

そこまで言った天智天皇は、ぜえぜえと息を切らせた。

〈罠(わな)だ！　こんな夢のようなことを言って、私を試(ため)しているのだ。ここで自分が引き受けたら、帰りに追手を仕向けて、私を亡き者にするつもりなのだ。我が子かわいさに、こんなことを言って、その手には乗らないからな〉

最早、大海人皇子には、天皇の真意は届かなくなっていた。

「大王、滅相もございません。大友皇子はもう立派な大人です。私などは足元にも及びません。どうぞ皇位は大友皇子にお命じください。私は出家して、ご先祖様のために、仏道に入ります」

と答え、許しを乞うとすぐに、そのまま宮殿の中にある仏殿で髪を剃り、出家して見せた。

〈良かった、良かった！　これで殺されずに済んだ。あれは罠だ！　あの天智天皇が、あんなことを本心から言うはずがない！〉

大海人皇子は心の中でそう叫ぶと、取るものも取りあえず、恐怖に追われるように、吉野宮へと逃げていった。

〈虎口を脱した！〉

彼はそう思った。

それから二カ月後、天智天皇は四十六歳の生涯を閉じた。

その御逝去は、鎌足の死後、二年が過ぎてのことであった。

十、壬申の乱

一

鎌足を失い、天智天皇を失い、加えて天智天皇からその片腕とも目されていた禎嘉王まで も遠く難波に派遣させていた大和朝廷は、根本から揺らぎ始めていた。

そんな状態の中に置かれた天皇後継者と見なされていた大友皇子の頭の中は混乱するばかりであった。やはり彼には大和朝廷は重過ぎた。

権力とは何かもよく理解し得ないまま後継者となった大友皇子であった。しかも後に残っている重臣の中で、彼を補佐できるほどの力量を持った家臣はひとりとしていなかった。

何ということだろうか！

だが、どうにかしなければならないのだ。

天智天皇の葬儀も終わり、天皇継承の儀式もなく、大友皇子が権力を誇示できたのは、左、右大臣をはじめ、五人の重臣を集めて、朝廷への変わらぬ忠誠を誓わせることぐらいであった。

その席上であった。その重臣たちの誓いの言葉が終わったとき、右大臣の中臣金が言った。

「大王、天智天皇が身罷る以前から、唐から『援軍を乞う』と要請されたままその返事を保留し、その使者を筑紫（福岡）に待機させていますが、この件はいかがいたしましょうか？」

「おお、そんなことがあったのか……どうしたものか私には分からない」

自信のない言葉であった。

「大王、返答の仕方を慎重にしないと、唐の軍勢がすぐにも押し寄せてくるやもしれません。唐とはそんな国です。納得して、御帰還願うには、天皇の御逝去を伝え、相当の貢物が必要ではないかと思われます」

「そうだな……いや、貢物ではない。あくまで賜物でなければならない。我が大和国は従属したのではないのだからな……かと言って、そなたの言うように、よほど慎重にやらないと、唐はどう出てくるか分からないからな。そうだ。そなたが行って、説得してくれ。そなたなら安心だ。よろしく頼みおくぞ」

「ははあ、かしこまりました」

中臣金は、何という言い草だろうと思いながらも、そう言って、この世情不安の中から遠ざかれることに心の中では秘かに喜んでいた。

こうして、右大臣を使者として、白村江の戦いでの捕虜千四百人分に値する賜物（甲冑、弓矢、布、綿）を持たせ、筑紫（博多）で待っている唐使の郭務悰のもとに送り出した。

事情を聞いた唐の使者は、山積した賜物を見て、「大和国も漸く臣下の礼をとるようになったか」と言って、納得した顔で、旧百済領へと帰っていった。

だが、混乱は続き、大和朝廷は、その政権を維持できそうになかった。相談できる重臣もなく、大友皇子は的確な指示も出せず、重臣たちひとりひとりの言葉に右往左往していた。

そんなとき、左大臣の蘇我赤兄が人払いを願い出た。

「左大臣、改まってどうしたのだ」

赤兄は、暫し大友皇子の顔を見たまま、果たして言っていいものかと迷っていた。もし皇子が自分の意見を取り上げてくれなったなら、自分の生命はないものと覚悟を決めなければならなかったからであった。

〈しかし、天智天皇から重用していただいた御恩に少しでも報いることができるのであれば、自分の生命など惜しんではいられないのだ。最後の御奉公になるかもしれないが、これを本

当の忠義と思いたい〉

そう思うと、赤兄は決心がついた。

「申し上げます。大海人皇子のことにございます」

「大海人皇子がどうしたのだ」

「大王、一刻の猶予もありません。大海人皇子が吉野にいるうちにできるだけ早く討ち取っておくべきではないでしょうか？　吉野を脱け出してから追手を差し向けても遅うございます。今のうちに成敗しておきませんと、きっと禍根を残します。今はまだ無防備のはずです。すぐに兵士を集めて、討伐に向けるべきではないでしょうか。もし、ご決断なさるのでしたら、ぜひ、それを私に命じてください」

大友皇子は、赤兄の必死な表情に一時は心を動かされたが、いかにも度量のあるような態度をすると、ゆっくりとした口調で言った。

「そなたの案じていることはよく分かった。しかしな、大海人皇子は頭を丸めて、出家しているのだよ。そして、天智天皇に御誓いまでしているのに、謀反は考えられないぞ。心配はいらないよ。思い過ごしだ。大海人皇子にはそんな野心はないぞ。そなたの取り越し苦労だよ。むしろ、あの方はこの大和朝廷にはなくてはならない大事な人だ。信じるに足る人だよ」

大友皇子の諭すような口調であった。

赤兄は黙って頭を下げた。

虚勢を張る皇子に、赤兄は幻滅を覚えた。

〈甘い！　実に甘い！　こんなことでいいのだろうか？　疑わしきはその芽を摘むのが鉄則なのに。鎌足殿が生きていたら、即刻、兵士を差し向けていただろうに……せめて天智天皇の片腕とも言われていたもうひとりの禎嘉王でもいてくれたら、私の気持ちを理解して、何らかの手を打ったろうに……。これが私ひとりの杞憂で終わるならいいのだが……〉

赤兄は、これで天智天皇の御代が終わりになるのではないかと思うと、恐ろしくなった。そして、有間皇子の変を思い出して慄然となった。しかし、彼はどうしても諦め切れなかった。

「分かりました。出過ぎたことを申し上げました。しかし、それでは今までの天智天皇の御恩に報いたい私の気持ちがおさまりません。どうか私に天皇の山稜（墓）築造のことをお許しいただけないでしょうか？」

「おお、そのことだったら、私も気になっていたところだ。私の方からそう願いたいくらいだ。よろしく頼むぞ」

蘇我赤兄は、静かに引き下がると、天皇の山稜築造にかかった。そして同時に、そこの警護という名目のもとに、武器を持たせた兵士を配備した。

用心するに越したことはないのだ！

二

大海人皇子は焦っていた。

吉野宮に引き籠もった彼は、天智天皇逝去のときも鳴りをひそめて、静まり返った日々を送っていた。

大海人皇子は、天皇の座を狙うなど毛ほどにも思っていなかったのに、天皇逝去後の混乱の中にある朝廷には、その静まり返って動かない大海人が一層不気味に思えてならなくなっていた。そして、その結果がまた一層の不信となっていた。

天武元年（六七二年）――

新緑が吉野宮を包み、初春の光に輝き始めたときのことであった。

美濃に行っていたという朴井連雄君が駆け込んできた。

「申し上げます。大和朝廷は天智天皇の御陵を築造すると言って、兵士を集めています。本当の御陵築造であれば、人夫だけ集めれば済むことなのに、兵士を集め、それに武装までさせております。しかも、並の兵力の数ではありません。何かを企てておるとしか思えません。このまま何の対策もしないで、安穏と指をくわえて、見ているだけでいいのでしょうか」

大海人は唸った。

「ご苦労だったね……」

後は言葉にならなかった。

〈それにしても、最早この誤解は解けないのだろうか？　私は最初から、いや、心の底から天皇継承など願ってもいなかった。それなのに、どうして分かってはもらえなかったのか！　このままじっとしていて時の過ぎるのを待っていたら、その兵士どもが押し寄せてくるのだろうか？　最早、この疑いは晴れないのだろうか？〉

じっと座していればいるほど、雑念と恐怖が渦巻いた。頭の中は混乱が増していく一方であった。

時は待たない！

「今のうちではないでしょうか？　朝廷内が混乱している間に、一刻も早く吉野宮を捨てて、逃げだした方がいいのではないでしょうか」

そんな舎人の忠告にも、彼は答えようがなかった。

「分かっておる。分かってはおるが、この人数で、一体どこへ逃げるというのだ！」

「大王、美濃の国を目指せば、助かる道はきっと開きます。我々舎人の二十人が全力を持って、命のかぎりお守りいたします。一刻の猶予もありません。できるだけ早くご用意ください。考えている場合ではありません。何を躊躇(ちゅうちょ)しているのですか！　遅くなればなるほど脱出困難になります。ご決断ください！」

「よし分かった。すぐに美濃の国へ向かおう！」

そう決心すると、初めて大海人は心の底から近江(おうみ)朝廷への怒りがこみ上がってくるのを覚えた。

〈天皇としての権力など少しも欲しいと思ったことのなかった無欲のこの私の気持ちも分からず、あくまで私を討ち滅ぼしたいというのなら、私も決心しよう。最後の最後まで戦って見せる！〉

大海人は、決断すると速かった。

舎人のひとりを飛鳥守衛(あすかしゅえい)のもとに遣(つか)わし、駅馬を使用できるように駅鈴(えきれい)の借用を願い出させたが、手が回っていたのか拒否された。

そうなると、そのことはすぐにでも近江朝廷に伝わるはずだ。

ますます猶予ならなくなっていく。

大海人は、すぐに舎人の村国男依(むらくにのおより)を呼んだ。

「そなた、先に美濃へ行き、兵士を集め、不破関(ふわのせき)を閉鎖(へいさ)するのだ。万事は、美濃の多臣品治(おおのみほんじ)にはかれば、うまく運べるはずだ。そして、そこで私がいつでも安心して帰れるように態勢を整えて、待っていてくれ。私はそこを拠点にして、近江朝廷に敵対する。急いでくれ」

てきぱきとした大海人の采配に男依は心服した。

「かしこまりました。それでは御無事で……お待ちしております」

「待て！　私の馬を使って、急行してくれ」

「ははあ……」

男依は、何が起ころうとこの方に付いていこうと思った。

三

脱出の準備をする余裕もなかった。いつ追手が来るかと思うと、気が気ではなかった。

「何も持つことはならん！　荷物になるものはすべて置いていくのだ。そんな物は重荷になるだけで、かえって行軍を遅らせるだけだ。それが命取りにならないとも限らないのだ。美濃に着きさえすれば、そんな物は幾らでも手に入る。一刻も早く、この吉野宮を脱出するのが先だ。ここさえ脱け出せれば、後はどんなにでもなるのだ。急げ！」

大海人皇子は、それだけ叫ぶと、着のみ着のまま吉野宮を飛び出した。

後に続いたのは、妃の鸕野姫女（天智天皇の娘）、息子の草壁と忍壁の二皇子、それに舎人二十余人、女官十余人であったが、取るものも取りあえず、出発した。これもほとんど着のみ着のままであった。

大海人も徒歩であった。

「何というありさまだ！　惨め過ぎる。こうなれば、私は決心するぞ！　ここまで私を追い込んだ近江朝廷を決して許しはしないからな。どんなにしてでも美濃に行くのだ。美濃に無事に着いたら、兵を挙げ、近江朝廷を徹底的に叩き潰すぞ。絶対に容赦してなるものか！美濃に着いたら、お前たちには二度とこんな惨めな思いはさせないからな。歯を食いしばってでも頑張るのだ。ここを無事に脱出して、美濃に着きさえすれば、どうにでもなるのだ。もう少しの辛抱だ。皆の者、出発だ！」

そう言って大海人が大声で励ましたが、一行は遅々として進まなかった。

惨たる行進であった。

〈はたしてこれで美濃まで行き着けるのだろうか？　近江朝廷は、もうすでに追手を向けているのではないだろうか？〉

気は焦るばかりであった。

一時の休みも取れなかった。早く！　早く！

誰の顔も恐怖で真っ青であった。

そして、漸(ようや)く菟田(うだ)に着いたのは昼を過ぎていた。だが、一行はそこでも食事をそこそこに終わらせた。何を食べたか分からないほどであった。

と、そこへ二十人ほどの集団が現れた。

〈ああ、手遅れであったか！　追討の軍に追いつかれてしまったのか。これで私の望みは消え失せてしまったのか！〉

そう思って、大海人は観念した。やはり自分の運命はここで尽きることになっていたのかと思うと、悔(くや)しくてならなかった。

すると、その集団の中から首領らしき男が現れた。

「私たちは、この森一体で狩猟を生業(なりわい)として生きている一団で、私は大伴朴本連大国(おおとものえのもとのむらじおおくに)と申します。一体あなたたちは何者ですか？」

鋭い眼光であった。

「おお、そうであったか！　いいところで逢った。天の御加護だ！　私が大和(やまと)朝廷から美濃へ行こうとしている大海人皇子というのだが……」

「これは失礼をばいたしました。大王(おおきみ)でしたか！　噂(うわさ)には聞いておりましたが、まさかここでお逢いしようとは！　決して私は敵対はいたしません。何か私にお手伝いできることがありましたら、御遠慮(えんりょ)なく何なりとお命じください」

「おお、何と幸いな出会いであったことか！　そなたの見てのとおりだ。女官たちも連れての行軍で難渋しているところだ。一刻も早く美濃へ行きたいのだが、どうしたものかと思案するばかりでな……」

「大王、この森は、私らにはまるで庭のようなものです。よろしければ、私たちにその安全な道を御案内させていただけないでしょうか？」

「それは願ったりだ。そうしてもらえるなら助かる。無事、美濃に着いた暁には、そなたを決して粗略な扱いはしないからな。そなたを一方の将軍にすることを約束する。よろしく頼むぞ」

「かしこまりました」

そう言って、猟師一団の案内で一行は進んだ。

だが、大野に着いたときは、最早日暮れになっていた。

そして、疲れ果てた一行がそこで休もうと腰を下ろしたときであった。

大伴頭領が言った。

「大王、ここで休んではいられません。これから先は伊賀の山中となります。大友皇子の母君がこの地から出ております。よって、朝廷からの指令が下っているものと推察した方がいいと思われます。それをかわすには、この闇夜の中を進むしか安全な方法はないと考えられますがいかがでしょうか？」

「しかし、この足元もよく見えない暗黒に近い夜中にどうしていくのだ」

「だからいいのです。わずかな光さえあれば大丈夫です。普通の道は塞がれていると見るべきでしょうから、山道を行くのです」

大海人は唸った。

女官の中からすすり泣く声が聞こえた。

「よし、分かった。頭領、我々の生命はそなたに預けた。ここに残りたい者は残っても構わない。咎めはしない。私について来るか来ないかは、それぞれの判断に任せる。ついて来なかったとて、恨みに思うことはない」

大海人は太い息を吐いた。そして、大きい声を張り上げた。

「頭領、頼むぞ！　すぐに出発だ！」

そうは言ったものの、行けども行けども暗黒の山道は続いた。時折、月の光が巨木の梢から微かな光を放ったが、それはまたすぐに消え、暗黒の世界が続いた。

その暗闇の底から狼の遠吠えが聞こえてくると、女官たちは思わず立ちすくみ、耳を塞いだ。そして、時折、足元から鳥の飛び立つ羽音がすると、悲鳴を上げた。

「皆さま、もう少しの辛抱です。この伊賀を越えさえすれば、別天地が待っています。楽天地ですぞ。我々を信じてください。必ずや、必ず皆さまを美濃までお送りします」

頭領の言葉に励まされ、誰もが心を一にして、手を取り合い、先へと進んだ。

横川を渡り、伊賀を越え、中山に差しかかったときであった。

これで危機を脱したと、誰もが体を休ませようと腰を下ろし、一息ついたそのときであった。突然、目の前に数百の兵が現れ、一行を取り囲んだ。

「ああ、すでに遅かったか！　近江朝廷の命令はここにまで達していたか……私の命運はここまでであったか……」

大海人の嘆きに、誰もが疲労の中で絶望に打ちひしがれそうになった。

だが、何と幸運なことであったろうか！

それは敵ではなかったのだ。

「大王、我らは敵対するものではありません。確かに我らは伊賀の郡司ですので、本来は大海人皇子を補縛する立場にあります。しかし、我々は近江朝廷に見切りを付けたのです。というのは、本当は真っ先に来なければならない近江朝廷からの通達がまだ届いていないのです。恐らく混沌としているのでしょう。最早、天智天皇の御逝去で近江朝廷の御世は終わり、次は大海人皇子の時代になるのだと確信する次第となったのです。以前から、大海人皇子がこの地を通るときは、その御一行をお守りしようと、決めておりました。我々は御味方です。

皆様方をお守りして、無事に美濃までお送りするために参りました評造でございます。どうぞ、心を平らにしていてください。これから先は、我々がお守りして、美濃までお送りいたします」

大海人は目を見張った。

「おお、ここにも救いの神が！　私が伊勢神宮に向かって天照大神を御礼拝した御加護があったのだ。これでこそ私の念願がかなうというものだ。皆喜んでくれ」

大海人の言葉に歓声が上がった。俄然、誰もが勢いづいた。

やがて一行は莿萩野に着き、そこで夜明けを迎えると、漸くのこと食事をとることができた。しかし、すぐに出発だ。

慶事は重なる。

一行が積殖に差しかかったときであった。大海人が最も信頼していた高市皇子（長男）が大津宮を脱け出し、甲賀の山脈を越えて、従者と共に合流してきたのだった。

大海人は、あまりの喜びに雄叫びを上げると、思わず息子を抱きしめた。

「高市皇子、よくぞ来てくれた。これこそ千人力に値するぞ。これで近江朝廷と戦えるぞ！」

大海人は、息子の手をがっちりと握りしめた。

一行はますます勢いづいた。強行軍は続いたが、どの足取りも軽やかであった。

馬に乗った大海人皇子を行軍の中、深くに守りながら進む一行は、最早、烏合(うごう)の衆ではなかった。立派な軍隊であった。

大山を越え、鈴鹿(すずか)に着くと、近江朝廷から派遣されていた伊勢の国司が、これも近江朝廷を見限っていたものか、恭順(きょうじゅん)の意を示して、一行を丁重(ていちょう)に迎え、合流してきた。

「よし、これで一安心だ。もう心配することはなくなったぞ。これで美濃が随分と近くなったような気がする。だが、油断は禁物だぞ。美濃に着くまでは決して気を緩(ゆる)めるでないぞ。物事は最後の一歩というときに失敗することが多々あるのだ。気を引き締めていくぞ！」

急に大海人皇子の言葉に重味(おもみ)が増した。権威が現れたのだ。しかもそれは自然であった。

やはり血は争えないということなのだろうか？

出発する際、用心のために、大海人は、伊勢の国司に兵を集めさせ、舎人(とねり)のひとりに五百の兵を持たせて、鈴鹿の山道を閉鎖させた。用心に用心を重ねても、それに越したことはないのだ。

日暮れ近くになって、漸く川曲(かわわ)の坂本(さかもと)に着いた。

だが、皇女が相当に弱っているのを承知で、少しの休みを取っただけで、一行はすぐに出発した。まだまだ安心はできないのだ。

強行軍は続いた。

鈴鹿を過ぎても、夜の行軍は続き、明け方になって、漸く朝明の評家に到着した。

そのときであった。これも近江京から脱出してきた大海人の実子である大津皇子が合流してきた。

「おお、大津皇子も無事であったか！　よくぞ駆け付けてくれた。嬉しく思うぞ」

九人の妃や王女を持つ大海人は、このときほど、自分にこれほど多くの実子のあることを誇らしく、頼もしく思ったことはなかった。何と言われようが、身内に勝るものはないのだ。

そして、ここでも慶事は続いた。

美濃に遣わしていた舎人の村国男依が飛び込んできた。

「大王に申し上げます。今から参ります不破道は、美濃の兵士三千人で完全に封鎖することができました。もう御安心ください。美濃へは、心を安らかに持って、おいでください。美濃の兵士ばかりでなく、民衆も、今か今かと首を長くしてお待ちしております」

大海人の顔に初めて安堵の表情が表れた。

「御苦労でした。村国将軍、心からお礼を言います」

「もったいなき御言葉にございます」

その会話も終わらないうちであった。突然、全軍から鬨の声が上がった。

『エイ、エイ、オウ！』という掛け声が山々に響き渡った。

「村国将軍、本来ならば、最も実績のあるそなたに総指揮官になってもらうのが本筋なのだが、ここは私の息子の高市皇子をその役につかせてくれ。まだ渾沌としているだろう美濃の兵士を治めるには、それが最善の方法と思えるからだが……」

「滅相もございません。私をこの将軍に任じていただいただけでも、もったいなく思っております。どうぞお気になさらないで、大王の思いどおりになさってください」

「すまないな。今後ともそなたを決して粗末にあつかうようなことはしないから、そうしてくれ。それから、御苦労だが、もう一度不破に戻って、もう一働きしてくれ。高市皇子を総指揮官として、これを助け、美濃を、本拠地として不動のものにしておいてくれないか」

「かしこまりました」

と言って、村国将軍は、高市皇子に従う格好で美濃へ向かった。

それを見届けると、大海人皇子は、休む間もなく、残っている舎人たちから四人を選ぶと、東海と東山に派遣させ、兵士の動員を命令した。

そうして先発隊を見送ると、一行は、後からゆっくりと美濃へ向かって発進した。

不破を過ぎ、美濃に差しかかったころから、沿道には驚くほどの民衆があふれ、歓呼の声を上げて、一行を迎えた。

高市皇子、村国男依だけでなく、美濃の国司に地元の豪族までもが勢揃いして出迎えた。

大海人皇子を取り巻く武将たちは、彼を眩(まぶ)しそうな眼差しで見上げていた。

こうして美濃の大観衆に迎え入れられ、野上宮に入った大海人皇子は、最早、一皇子ではなく、大きな権力を持った王者であった。

そして、日を待たず、東国へ派遣した使者に応じて、甲斐(かい)や信濃(しなの)だけなく、各地から兵士を連れた豪族が陸続と集ってきた。その数は二万にも達した。

こうなると、大海人皇子の打つ手にそつはなかった。

大海人皇子独自の態勢を作り上げたかと思うと、高市皇子を総大将に任命し、即刻、近江朝廷討伐の命を下した。

四

大海人皇子(おおあまのおうじ)が、息子の高市皇子(たけちのみこ)を総指揮官に任命し、村国連男依(むらくにのむらじおより)と紀臣閉麻呂(きのおみのあへまろ)を将軍として、二手(ふたて)に分け、一隊は不破(ふわ)から琵琶湖(びわこ)の南岸を下って大津宮を目指し、もう一隊が飛鳥(あすか)を目指して発進しようとしていたころ――

一方の近江(おうみ)朝廷はますます混乱を極めていた。

様々な情報が飛び交い、誰もが惑わされ、右往左往するばかりであった。

〈こんな時に、今は亡き鎌足がいてくれたら、何の迷いもなく、適確な判断を下してくれただろうに……それが望めない今は、せめて難波に派遣させている禎嘉王でもいてくれたら、どれほど頼もしかったことか！　いやいや、その禎嘉王は決して難波から外すことはできないのだ。今の国の情勢が許さないのだ。もし万が一海外から敵が攻めてきたとしたら、禎嘉王しか防ぎ切る者はいないのだ。この国を危うくすることはできない……しかし、この近江朝廷はどうなるのだ……どうしたらいいのだ！　どうしたら……それにしても、何と頼りにならない家臣団なのだ！〉

大友皇子が、そんな煩悶を繰り返す中、蘇我赤兄が地団太を踏むようにして口惜しがりながら言った。

「吉野へ追討の軍勢を向けてみましたが、すでにそこは蛻の殻でした」

赤兄のその言葉に、大友皇子は真っ青になった。

「そうか。やはり大海人皇子は謀反を企んでいたのか」

大友皇子はますます混乱していった。

無策の日が二日、三日と続いた。

「王様、美濃に探りに行っていた私の手の者からの報告によりますと、大海人皇子の下には、東国から陸続と兵士が集まっているとのことです。我々も何らかの手を打っておかないと、今度こそ取り返しのつかないことになるのではないでしょうか？」

「そうだ。書状をしたためるから、すぐに使者を出せるように手配をしてくれ」

そう言って、大友皇子は、東国、飛鳥、吉備、筑紫へと、兵士動員のための使者を出した。

難波にいる「唐・新羅防衛将軍・禎嘉王」には、あくまでも難波湊にて、外敵からの侵入を防いで、そこを死守してもらいたいとの特別の伝言を使者に託した。

それがまた大友皇子の過誤であった。

しかし、たとえそれが大友皇子の未熟さからくる混乱であろうと、さすがに近江朝廷であった。

東国へ行った使者は、追い返されたりして、動員がスムーズにいかず、西国でも、白村江の戦いからの痛手が消えないことを理由にして動員を渋る豪族が多かったが、近江近隣の豪族は違った。こぞって兵士を伴ない、大津宮に参集してきた。その数二万を越した。

それだけではなかった。かつて大和朝廷の拠点であった飛鳥にも近江朝廷を慕う豪族が兵士を伴なって参集してきた。

だが、何という不幸だろうか。近江朝廷の崩壊を早める事件がその飛鳥に起きた。

飛鳥に集まった豪族の中に裏切り者が現れたのだ！

十数人の豪族が集まり、誰を大将軍にして、これからの戦をどうするのかの軍議を始めようかとしたときであった。その中からひとりの豪族が立ち上がり、素早く一段高い位置を占めると、急に大声を張り上げた。

「皆の衆、ようく聞いてくれ！　私は大伴吹負と申す。時代は変わったのだ！　近江朝廷の命運は尽きた。天智天皇が亡くなり、鎌足も亡くなり、今残っているのは、十九歳の大友皇子ただひとりだ。このまま近江朝廷につけば、我々は犬死ににになりますぞ。時代を見失った者の末路はどんなものか、皆の衆が一番知っているはずだ」

そう言って吹負は、皆の顔をぐるりと見回し、後を続けた。言葉が急に丁寧になった。

「美濃では、大海人皇子の下に、数万の兵士が集結していると聞きます。到底、我々の太刀打ちできるものではありません。皆さん、今まで近江朝廷は、我々に何をしてくれましたか？　白村江の戦いでも、兵士を見殺しにしただけではありませんか。何一つしてくれていません。もう我々には何の義理もありません」

吹負の声に、豪族たちは互いに顔を見合わせていた。

「分かりました。我々とて同じ考えでした。確かにおっしゃるとおりです。今では近江朝廷には何も残ってはいません。しかし、我々は、この先どうしたらいいのか分からないで、迷ってばかりなのです」

「答えは簡単です。どうですか、私と一緒にやりませんか？」

「どうするのですか？　まさか？」

「そうです。裏切るのです！　近江朝廷はまだ油断しております。我々を味方と信じています。そこを突くのです。このままの兵力を持って、大津へなだれ込めば、勝利は間違いありません。我々のものです」

「面白い。やりましょう！」

半数以上の豪族が賛同した。

と、吹負が立ち上がった。

「ここまで腹のうちを打ちあけたからは、全員賛成してもらう。逆らった者は切る！」

吹負の殺気に満ちた声に、誰一人として反対を唱える者はなかった。

だが、吹負にも油断があった。

にわか作りであったためか、軍の組織の出来上がる前に、その中から夜陰（やいん）に乗じて脱け出した者がいたことに、彼は気付かなかった。

裏切りの裏切りであった。


明朝、明け方であった。

霧の晴れ間を引き裂くような鬨の声が突然上がった。

飛鳥に集結している軍と合流しようとして、近江朝廷に命じられた、河内方面から集まってきた豪族の大軍であった。

「恩知らずの吹負を討ち取れ！　近江朝廷から山ほどの恩を受けておって、それを裏切りで返す人非人どもだ！」

「討ち取った者には、近江朝廷から莫大な恩賞がもらえるぞ！　さあ、かかれ！」

不意を突かれた飛鳥軍に、隊伍を組む余裕もなく、まして戦う余裕さへなかった。

吹負軍は干戈を交えることもなく、惨敗であった。

吹負は逃げた。ひたすら逃げるしかなかった。

彼は、どこをどう走ったのかも分からなかった。

後に従う者は三十人もいなかった。見事なほどの敗北であった。


吹負は、惨敗の兵士を連れて、美濃への道をとぼとぼと歩いた。数えてみると、従者は二十人にも満たなかった。

こうなれば、やはり美濃へ向かうしかなかった。美濃へ行き、恥を忍んで、大海人皇子に許しを乞うしかなかった。

〈負け戦とは何と惨めなことか！〉

一行が力ない足どりで、漸く伊賀に差しかかったときであった。

前方に大軍が見えた。

「おお！　救われたぞ！　味方の大軍だ！　まだ神はお見捨てにならなかったのだ。」

吹負はひとり走り出した。従者たちも走り出した。

そして、大海人軍の一方の飛鳥侵攻の将軍である紀臣阿閉麻呂の前に膝を折った。

「将軍、申し訳ありませんでした。大海人軍の大事な兵士を失ってしまいました。いかなるお咎めもお受けいたします」

紀臣将軍は、自ら吹負の手を取った。

「将軍、お立ちくだされ。そなたの行為は大手柄だったのです。どんなときでも戦の勝ち敗けは付きものです。勝つこともあれば、負けることもあります。これは兵家の常です。そんなことよりも、そなたの功績は大きいのです。そなたの功績は我々に味方したことです。誰もが想像だにしなかったことを、そなたはやったのです。そなたが、大津宮へ向かって走ろうとしていた河内方面の近江軍団をここに引き止めてくれたことは、何ものにも代えられない手柄なのです。これで、近江朝廷に付こうとしていた豪族の中に動揺が走りましたよ。不安に揺れてますよ。今後は、近江軍の中には、少しの負け戦でも起きれば、不安と不満が満ちるようになるでしょう。もう我々の勝利は間違いなしです。吹負将軍、決して卑屈(ひくつ)になることはいりませんぞ。堂々と胸を張り、我が軍の一翼(いちよく)を担(にな)って、我が軍で一層の手柄を立ててください」

「ありがとうございます。ありがとうございます」

吹負は思わず涙ぐんだ。そして、思った。

〈こうなれば、私は大海人皇子軍のために、この命をかけて戦うぞ！〉

五

紀臣(きのおみ)将軍は、美濃(みの)の不破(ふわ)から大津に向かって進軍しているもう一方(いっぽう)の村国男依(むらくにのおより)将軍に至急の使者を送った。

「河内(かわち)、飛鳥(あすか)地方の近江(おうみ)朝廷軍は、こちらで十分に引き付けておいて、叩いておきますので、何の心配もいりませんから、そちらはそちらで心おきなく存分に戦って、一刻も早く近江宮を陥落(かんらく)させ、占領してください」

そう言うのだと、使者に伝えると、すぐに全軍に対し戦闘開始の命令を下した。

そして、吹負(ふけい)を先頭に立て、紀臣軍はじりじりと近江軍を圧迫し、追い返していった。

そのころ、美濃を出立したもう一隊の村国男依将軍の率いる本体は、不破を出て、琵琶湖の南岸から大津を目指し、近江軍の防衛を次々に突破し犬上で陣を敷いた。

そこへ、飛鳥からの使者が到達し、飛鳥での勝利を聞くと、本体の士気はますます上がり、その意気は天をも突いた。

そして、つきを失った近江朝廷軍にはまたも不幸な出来事が起きた。

それは、やはり裏切りであった。

裏切り者が現れると、近江軍はただ混乱するだけで、戦うこともなく、何の抵抗もしないまま、犬上川の陣から撤退していった。

村国軍は、犬上川を難なく渡河すると、近江軍の最後の防衛線である瀬田橋を挟んで最後の決戦におよんだ。

だが、一度浮足立った近江軍は何と脆いものであったろうか！

統制のとれていない近江軍はひとたまりもなかったのだ。

すぐにそこを突破した村国軍団は、ついに近江朝廷になだれ込んだ。

阿鼻叫喚。

大津宮は、軍靴に踏みにじられた。

大敗を喫した近江軍は、ちりぢりに逃げ走るだけであった。右大臣、左大臣といえど、主人である大友皇子（おおとものおうじ）を守ることもなく、逃げ走った。

〈あのとき、蘇我赤兄（そがのあかえ）の言うことを聞いて、追討の兵を向けていたら、こんなことにはならなかったろうに……〉

と、後悔しながら大友皇子も走った。情けない敗走であった。

そして、山崎に着いたときには、彼を守る兵士は数えるほどもいなかった。

〈すべてが終わった！〉

そう思った大友皇子には、最早（もはや）そこで自刃（じじん）するしか道は残ってはいなかった。

これが戦に負けた権力者の末路であった。

山崎に着いた村国男依将軍は、高市皇子（たかいちのみこ）の許しを乞（こ）うと、すぐに大友皇子の首級（くび）を刎（は）ねさせた。

そして、兵士の前に、その首級（くび）を槍（やり）の先にかざし、勝鬨（かちどき）を上げさせた。その声は天をも突き抜けるかと思われるほどであった。

「皆の衆！　この勝利を一刻も早く大王（おおきみ）に知らせなければならないのだ。急ぐぞ！」

男依将軍は、そう叫ぶと、塩漬けにした大友皇子の首級を槍先に吊（つ）るすと、不破の大海人（おおあまの）

皇子の下に急いだ。

近江を出て三日目であった。

高市皇子を先頭にして、村国男依、紀臣阿閉麻呂の両将軍が、大友皇子の首級をかかげて、不破に凱旋すると、待ち受けていた民衆が美濃中を震わせるほどの歓声を上げて迎えた。

大海人皇子も自ら出迎えた。

と、そのときであった。

その大海人皇子の姿を見た三人の将軍は、いきなり馬から飛び降りると、大海人皇子の前に膝を折った。

そこには一カ月前の大海人皇子からは想像もできないほど神々しく、威厳に満ちた姿があった。

その三将軍の姿を見た他の豪族たちも、一斉に下馬すると、同じように膝を折った。

すると、それに倣って、兵士が、いや、民衆までがひれ伏した。

その瞬間から、大海人皇子は、大和の国に君臨する、絶大な権力を持った支配者としての地位を確保した。

その夜すぐに勝利の大宴会が始まり、それは三日三晩続いた。

しかし、まだ気がかりなことが残っていた大海人皇子は、それが胸につかえて、勝利の美酒に酔えなかった。彼は、秘かに男依将軍を呼んだ。

「大王、御用を賜りましたが、何ごとでしょうか？」

「これだけは、将軍にしかできないことなのだ。そなたもこの戦でまだ疲れているだろうが、そなたにしか頼めないのだ。済まないが、難波へ行ってくれないだろうか？」

男依は、はっと驚いたような表情をしたが、すぐに深く頷くと、力強く言った。

「はあ、光栄にございます。分かりました。明日にでも出立いたします」

「そなた、私の頼みが分かったと申すのか？」

「大王！　私も大王から御信頼を受けている将軍たちの中のひとりと自負しております。禎嘉王でしょう？　禎嘉王の首級を取ってくるのでしょう？」

「さすがに私が見込んだ村国将軍だ。ようく私の気持ちを理解してくれている。私は愉快だ！　そうなのだ。そのとおりだ！　あいつだけは許せん！　あいつは危険人物なのだ。あいつだけは決して生かしてはおけないのだ！」

「分かりました。今から出発して、禎嘉王の首級を取ってまいります」

「いや、待て。そうは言ったものの、そうできないのが、大和の国を預かる者の難しさなのだ。この大勝利で大和朝廷の安定が決まった以上、むやみな殺戮をしてはならないのだ。民衆に対しても、私が寛容であるところを見せて、民の心を安らげるのが必要なのだ。だが、それが油断になることもあるが……しかし、妥協はいけないのだ」

大海人皇子は、男依将軍を凝視して、後を続けた。

「討ち取りまではしないでいいから、あの禎嘉王の真意を質してくれ。意に反して、少しでも抵抗する素振りが見えたら、即刻その場で切り捨てても構わない。あの禎嘉王にかぎって、それはないと思うが……あの男には妙に魅力があるのだ。あの男といると、不思議と敵対心が起きないばかりか、何とはなく、安心して吸い寄せられるような不思議な気持ちになるのだ。そして、気が付いてみると、あの禎嘉王の周りには、大勢の人物が集まっているのだ。そこまではいいのだが、その禎嘉王の温和なところに付け込んで、それを悪用しようとする者が現れるから困るのだ。だから、そうならないためにも、何らかの処罰を与えておかないと示しがつかないばかりか、この大和朝廷が安定であることの妨げにならないとも限らないのだ。その点を考慮に入れて、よろしく頼む」

「かしこまりました。すぐに難波へ向かって出兵いたします」

「御苦労だが、よろしく頼む。そなたに少しでも逆らうような素振りでも見えたら、殺すことに躊躇するな。禎嘉王を首級にしても、誰もそなたを悪く言う者はいないのだからな！」

「かしこまりました。用意が出来次第、出発いたします」

そう言って、翌日、村国将軍は難波へ向かって出発した。

大海人皇子は、その指示が終わるとすぐに、近郷や東国から集まってきた兵士でその体制を固め、美濃を拠点とする不動の権力を作り上げた。

（前編　終わり）

百済王伝説　禎嘉王（後編）

十一、大和朝廷からの脱出

一

〈どうして人間は、こうも戦(いくさ)が好きなのだろうか？　民は、いつの時代も平和だけを願っているのに、権力者たちの身勝手な飽く無き欲望の犠牲になっている。そして、いつもどこかでその権力闘争が繰り返され、それに民は巻き込まれ、振り回されて、難渋(なんじゅう)している……いや、今はそんな感傷にひたっている時ではないのだ。追討軍がもうそこまで迫って来ているかもしれないというのに……勇気を振り絞って、大和朝廷からの脱出を果たさねばならないのだ！　急がねば！〉

　禎嘉王は、胸を横切(よぎ)る想念を打ち消すと、逃亡の用意にかかった。

三艘(そう)の船に、一カ月分の水と食料を積み込むと、彼はすぐに穂積(ほづみ)副将軍を庁舎に呼んだ。

「穂積副将軍、済まないが、そなたにこの『唐（とう）・新羅（しらぎ）防衛将軍』の席を譲りたいと思う。快（こころよ）く受け取ってもらいたい」

禎嘉王のいきなりの切り口上に穂積は返答のしようがなかった。

「将軍、いきなりどうなされたのですか？　まだまだ私には、その席は重すぎます。到底（とうてい）、私の及ぶところではありません」

「いやいや、もう私の教えることは全部教えた。そなたは立派な将軍になっているのだ。そなたは十分にこの難波湊（なにわみなと）を守っていけるほどの力量を身に付けている。よろしく頼（たの）む」

「しかし、どうしてそんな急に……」

禎嘉王は、じっと穂積副将軍を見つめた。

「そなたも知っているだろうが、大友皇子（おおとものおうじ）が亡くなり、近江（おうみ）朝廷は滅亡してしまったのだ。私がどんなに後悔したところで、最早（もはや）、大和（やまと）の国の政権交代は確実なのだ。そうなれば、あれほど天智（てんち）天皇からの御寵愛（ごちょうあい）を受けていた我々がどれほど命乞いをしたところで、許されるはずがない。いや、もう追討の軍が発進しているかもしれない。それで私はこの地を離れることに決めたのだ。ただし、それはそなたが私を許してくれるならばというのが条件だが……そなたに頼みがある。こんな私が許せなかったなら、私の首だけで許してもらえないだろうか？　私の家族だけでなく、私を頼って百済（くだら）から平和を求めて、亡命して来た人たちに私は責任があるのだ。どうかこの者たちだけでも逃がしてやってはくれないか？」

　禎嘉王の震える声に、穂積副将軍は涙を浮かべて言った。

「もったいないお言葉です。将軍の思うとおりに行動に移してください。しかし、その結論はまだ早いのではないでしょうか？　将軍は、この大和に来て以来、この国のために粉骨砕身(ふんこつさいしん)尽くしてきたではありませんか。この国に対し、害したことは微塵(みじん)にもありませんでした。誰もが知っていることです。現に、こうして難波湊を守ってきたではありませんか。大海人皇子(おおあまのおうじ)もそのことは十分過ぎるほど分かっているはずです。じっくりとお話し合えば、必ず道は拓(ひら)けるのではないでしょうか？」

「ありがとう。そなたの気持ちだけで、私はどれほどの希望を持てたことか。本当にありがとう」

　禎嘉王は、穂積副将軍の手をしっかりと握りしめた。

「しかし、私の決心は固いのだ。これが私としての最後の亡命にしたいのだ。穂積将軍、どうか私の最後の願いを許してくれ！」

「許すも許さないもありません……分かりました。将軍の思いどおりに決行してください。この難波湊は私が守ります。将軍の決行を妨(さまた)げる者がいないように私が監視しております。どうぞ御安心ください。将軍の御無事を祈っております」

「すまない！　そなたの厚情は生涯忘れないぞ！　ありがとう。ありがとう！」

そう言って、禎嘉王は再び穂積の手を握りしめた。


そうして、禎嘉王はすぐに一族郎党を呼び集めた。

追討の軍がいつ来るかと思うと、気は焦るばかりであった。

「皆も、もう分かっているだろうが、大和朝廷に内乱が起き、大友皇子が亡くなった。したがって、天智天皇の重臣であった者には、厳しい探索の手が伸びてくるに違いない。我々とて同じだ。ここも、我々亡命者にとっては、安住の地ではなかったようだ。皆には苦労をかけるが、座して死を待つより、もう一度権勢から離れて、生きようと思う。黙って私に付いてきてくれないか？」

誰もが不安そうな眼差しで彼を見詰めた。

「私たちは、いつも王様と一緒です。どこまでもお伴いたします」

妻、之伎野の言葉に禎嘉王は深く頷くと、後を続けた。

「行く先は、私がいつの日にか絶対に行きたいと、心秘かに思っていた所なのだ。噂によると、どこよりも平和で、戦のない穏やかな国——その名前を日向国というのだ。その名声は百済王国にも聞こえていたほどの神秘の国だ」

「そんな夢のようなお国があるのですか？」

「あるのだよ。いや、きっとあるのだ。しかし、航海は一カ月以上もかかるし、途中で何が起きるか分からない。それが亡命なのだ。したがって、万が一を考えて、第一船には私と華智王（次男）と周姫（妃）が乗り、第二船には之伎野（皇后）と福智王（長男）が乗るのだ。そして、第三船には沙宅殿と答炑殿に乗ってもらう」

之伎野の少し寂しげな表情を見た禎嘉王は、妻と二人になるとすぐに彼女の肩を強く摑み、諭すように言った。

「決してそなたを疎んじているのではないのだ。分かってくれ！　これも万が一のことを考えてのことなのだ。私情でもない。百済王家の血統を絶やさないための用心なのだ」

そう言うと、次にはその場に福智王と華智王を呼んだ。

「そなたたちはもう立派な大人だ。皇后を守って、乗船してくれ。いいな！」

福智王が頷くのをうけて、さらに華智王を呼んだ。華智王が到着すると、偵嘉王は二人の息子に語り始めた。

「今から言うことが最も大事なことだから、二人ともよく聞いて、覚えておいてくれ。今まで私が大切に保管していた銅鏡をそれぞれに渡すから、肌身離さずに持っていてくれ。百済王国の証として、私が百済から持ってきたものだ。もし何ごとかが起きたときは、この銅鏡を見せて、私は百済王家の末裔ですと言えば、きっと道は拓けると思う。生き延びるためには、絶対失ってはならないものだ。命の次に大事なものと心してくれ。先には大変な人生が待ち受けているかもしれない。だが、今まで味わったこともないような平和が待ち受けている、と思うと私は嬉しいのだ。皆もその希望を持って、何が何でも生き延びるのだ。だが、日向国に着いたら、決して百済王族だと前面に出してはいけないぞ。それがその地で最も平和に暮らしていけることなのだ。これが、最後の亡命者の旅にするのだ！ そして、今度こそ平和を摑むのだ！」

そう言って、禎嘉王は皆の顔を見渡して、大きな声で叫んだ。

「出発は、今夜決行するぞ！」

二

月の光が難波湊を照らし始めると、三艘の船は静かに瀬戸内の海へと滑り出した。誰もが無言であった。誰もが、追手の来ないことを祈り、飛鳥時代との別れを惜しんだ。波は静かで、満天の星の光が海面を照らしていた。

順風満帆――三艘の船は、何事もなく、月の光の下で、瀬戸内の海を西に向かって進んでいった。

一夜明けて、太陽の光を浴びたころから、皆の顔がほころんできた。

――日向国が、平和の国が待っているぞ！――

誰もが思わず唇に笑みを浮かべ、東の海の地平線から登ってきた太陽に向かって手を合わせていた。

「いや、いや、まだ気を緩めてはいけないぞ」

と、禎嘉王が言っても、自然と誰の頬にも笑みが浮かんできた。

「王様のおっしゃっていました、追討の船が来る様子はまったくありません。もう安心ですね」

息子の華智王の言葉に、禎嘉王が答えた。

「難波の防衛軍は、穂積副将軍に任せてきたから、彼らが追討軍になることはないだろう。後は、途中の豪族が心配ではあるが……」

しかし、それも問題なかった。禎嘉王の温和な態度と、天智天皇からいただいた『唐・新羅防衛将軍』の詔の証書と、百済から持参の銅鏡を見せ、『大和朝廷の命を受け、筑紫（博多）へ行くところです』と言えば、どこの港でも丁重な扱いを受け、水と食料の供給をしてもらえた。

瀬戸内の海は静かであった。何と穏やかな航海であろうか！　まるで前途を祝福してくれるかのようであった。暫し自分たちが亡命者であることも忘れさせた。

未来の平和を約束してでもいるかのような日々が続いた。

半月も過ぎたころであったろうか？　三艘の船は隊列をくずすこともなく、航路を左に折れた。潮の流れが変わり、太陽の位置が変わった。いよいよ日向国に近づいているのだ！

佐田岬を過ぎ、豊後水道にかかると、禎嘉王もやっと心の紐を緩める気持ちになった。ここまで来れば、もう安心だ。大和からの追手は来ないだろう。後は、自然に任せ、日向国へ一直線だ！


だが、何という自然の脅威であろうか？　試練の波が一行を襲った。

豊後水道を越えたころであった。急に潮の流れが止まり、風が止まり、船が止まった。

夕凪ではなかった。陽暮れにはまだ間がある。

と、すぐに空が真っ暗になるほどの雲に覆われ、北風が吹いてきた。あっという間の変化——海面が急に白波立った。

「帆を下ろせ！」

張り裂けるほどの船頭の声であった。

帆はすぐに降ろされたが、「舵が取れない！」という声が上がった。

船が大きく傾いた。

禎嘉王は、妃の周姫と息子の華智王を抱きしめた。

「神様！　やはり私に平和は来ないのか！」

彼は思わず叫んだ。

例年、九州を襲う時化（台風）であった。

三艘連なって航海していたのに、いつか互いを見失い、てんでんばらばらになっていた。

三艘とも、そのまま木の葉のように波になぶられ続けた。豪雨と嵐に巻き込まれ、散り散りになって、波間を彷徨っていく。

「すまなかった！　とうとう、皆に平和も幸福もあげることができなかった。私を許してくれ！」

禎嘉王は、妃と息子を抱き寄せ、嵐の中で叫んだ。だが、その叫びは波間に空しく消えた。そして、他の二艘の船影すら見えなくなっていた。

暗闇と嵐の中で、恐怖と絶望に苛まれた彼らは、どれほど荒波にもてあそばれたことだろうか？

どれほどの時が過ぎたのか、誰にも分からなかった。

だが、運命に強い者は、その生命を守りとおせるのかもしれない。

突然、船底に何かがドーンと打ち当たる音がして、船が止まった。

しばし、彼らは息を飲んだ。誰もが恐怖で真っ青になっていた顔を静かに上げた。

誰もが濡れそぼっている。

いつか空は晴れ渡り、西の方に傾いた月の光が、その難破した船影を照らしていた。

台風一過の青空であった。

「生きてたぞ！　皆、生きてたぞ！」

「王様！　私たちは無事だったのですね」

「そうだ、無事だったのだ……だが、ここは、一体どこだろう？　しかし、生きていたこと
に間違いはないのだ。おい、船を降りるぞ！」

誰もが唇の色もなく、月の光がそれをますます真っ青に見せた。

「おい、薪を集めるぞ！　火を燃やして、衣類を乾かすのだ」

船を下りた禎嘉王が真っ先になって、木切れを集め始めた。

「王様！　王様は休んでいてください。我々で集めてきますから……」

「いや、これからは王も良民もない。皆で何事も平等にやっていくのだ」

そう言って、禎嘉王が集め始めると、誰もが疲れも忘れて、薪を集め始めた。

そして、その積み上げた薪の山に火を点けると、瞬く間にそれは炎となって、天空に舞い上がった。

それを囲むと、彼らは一斉に、生きていた喜びの歓声を上げた。

火の温もりで顔が赤みを帯びてくると、他の二艘の船のことが気になり、手分けして捜し求めたが、その影はどこにもなかった。諦めるしかなかった。

夜が白々と明けてきた。東の地平線から急に太陽がその大きな姿を見せた。

彼らは、思わずそこに跪くと、その太陽に向かって手を合わせた。涙を流す者もあった。

三

すっかり夜が明けた。昨夜の嵐がまるで嘘のようであった。太陽の光が満ち、彼らは潮の香りをいっぱい吸った。生きている喜びであった。

すると、その夜明けを合図のように、村人が集まってくると、彼らを遠巻きに囲んだ。危機は感じられなかった。

禎嘉王は、焚火を背にして、その遠巻きの村人をじっくりと見渡していたが、その中の長らしい人を見つけると、身に着けていた武具を外して丸腰になると、ゆっくりと歩いていった。

「あなた様が、この村の長でしょうか？」

「はい、そうですが……」

と、返答した男の顔は、陽に焼けた、見るからに逞しい海の男を彷彿とさせた。

「お騒がせして申し訳ありません。私たちは、飛鳥から日向国へ向かう、百済の流れを組む禎嘉王とその一行です。途中で時化（台風）に遭いまして、ご覧のように難破して、この浜に辿り着いた次第です。決して怪しいものではありません」

「それは、あなた様の身のこなしで分かります。私がこの村の長を務めさせていただいてます浜崎と申します。大変な時化でした。よく無事で辿り着きました……」

「ありがとうございます。見てのとおり船が大破してますので、修理が終わり次第、出発したいと思っておりますので……」

「どちらに行くのですか？　ここがその日向国なのです。そして、ここは金ケ浜というのです」

「やっぱりそうでしたか！　上陸したときから肌に感じるものがありまして、そんな気がしていました。おい！　ここが我々が目指していた日向国だぞ！」

禎嘉王のうるんだような感嘆の声に、浜崎の顔がほころび、彼が手を振ると、遠巻きにしていた村人の輪が小さくなって、一行を包んだ。

村人とはすぐに打ち解けた。まるで警戒心がなかった。村人は親切であった。優しかった。

〈ああ、これこそが私の夢にまで見ていた日向国だ！　戦のない国の民は何と清らかな顔立ちをしているのだろうか！〉

禎嘉王の礼節に答えるように浜崎は、屋敷の一画に仮屋を作り、一行をもてなした。村人も、貧しい中からでも、魚や衣類を届けた。

禎嘉王は何度も感謝の礼を述べた。その姿に、村人は禎嘉王に親しみを覚えていた。

浜崎が思い切ってとんでもないことを口走った。

「王様、村の衆も切に願っております。どうかこの村にとどまって、お暮らしいただけないでしょうか？　良かったら、この私に代わって、この村を治めていただいても……」

禎嘉王は深く頭を下げた。

「とんでもございません。ありがたいお言葉ですが、皆さまの御好意に対し、何のお答えも出せない立場にあるのが私たちなのです。何と感謝の言葉を述べたらよいのか……浜崎様、こうなったら何もかも正直にお話しいたします。お世話になっているのに、隠しごとをしてはいけないと思ったからです。実は、私たちは追われる身なのです。百済王朝からの亡命者なのです」

そう言って禎嘉王は、百済を出たときのことから、大和朝廷に仕え、天智天皇の御寵愛を受けたことから、大友皇子が亡くなり、いつか追われる身になってしまったことを語った。

「ですから、いつ追手が来るのか分からないのです。来ないかもしれないのですが、しかし、そんな不安を抱えた生き方はやめよう、平和を愛する日向国へ行こうと、飛鳥を飛び出してきたのです。できることなら、皆さんに甘えて、ここに住みたいのです。でも、ここでは目立ち過ぎます。すぐに噂となって広まり、皆さまにご迷惑をかけます。私たちは、誰にも迷惑がかからないように、追手の来ないもっと安全な山奥を目指さなければならないのです」

禎嘉王の必死な言葉に、浜崎は深い理解を示した。

「残念ですが、よく分かりました。そんな事情でしたら、噂が大きくならないうちに、旅立たれた方がいいのかもしれません。この山奥には集落が幾つでもあります。この先に耳川というのがありますから、そこまで送りましょう。その耳川沿いをひたすら上流へと登ってください。五、六里先に分岐点があります。そこからの行き先は自分で決めてください。私だけでなく、この村の誰もが知らない方がいいでしょう」

「何から何までありがとうございます。できることなら、この地にとどまって、一生涯を全うできるのでしたら、どれほど嬉しいことでしょうか？　それの叶わないのが、今の私には口惜しくてなりません。情けなく思います。でも、私の運命がそうできているのかもしれません。本当にお世話になりました。この御恩は生涯忘れません。先で安住の地ができましたら、必ず御礼に参ります」

そう言って、一行は旅立った。

四

禎嘉王一族は、金ヶ浜に言い知れぬ未練を残したまま、金ヶ浜の民に見送られて、耳川の上流目指して歩き始めた。目的地の定まらない、心細い旅であった。

これが亡命者の辿る宿命なのだろうか？

相当歩いたろうか、深く緑色していた耳川の流れが青い色に変わってきた。悠々と流れていたのが急に水音激しく、泡立てている急流になった。

浜崎から聞いていた「中の原」に着いた。もう六里歩いていた。

誰もが疲れている。

耳川が急に左に曲がった。

「もう少し先の人家が見える所まで行こう」

そう言って、小半時も歩いたろうか。「羽坂」に着いた。そこは耳川の本流に、支流が直角に交わっている所であった。

禎嘉王は、本能的にその支流沿いに折れた。それが坪谷川であった。

「王様、どうして急に支流の方に折れたのですか？　本流伝いに行った方が道も楽でしょうし……」

「だから、左に折れたのだ。こちらの方がより安全だと思ってな……もし追手が来た場合、真っ直ぐ上流目指してくれたらいいだろう？」

誰もが頷いた。

坪谷——まさしく坪の中にいるような狭い盆地であった。

「王様、ここまで来れば、もう追手は来ないのでは？　それにここの村人は、他人を売るようなことはしないでしょう。ここに決めましたらどうでしょうか？」

「いや、まだ駄目だ。海岸から近過ぎる。さんざん辛い思いを嘗めた大海人皇子を甘く見てはいけない。用心することに、し過ぎることはないのだ。安全と平和を求めるからには、もっともっと奥を目指すのだ」

一行は、この坪谷でも村人たちから多くの親切を受け、この先に「ミカド」という所があります、という言葉を頼りに、早くも翌朝には旅立った。

坪谷川沿いに盆地を従断し、暫（しばら）くすると、道と並行に流れていた眼下（がんか）のその川が消えた。

そして、代わりに鬱蒼（うっそう）とした急勾配（きゅうこうばい）の坂道が現れた。

『鎌谷（かまや）の峠（とうげ）』であった。

獣道（けものみち）を少しだけ広げ、漸（ようや）く荷車が通れるぐらいに作られた狭路（きょうろ）で、しかも坂道であった。

それを見上げた誰もが怯（ひる）んだ。

平和を手に入れるということは、何と厳（きび）しいことだろうか！

だが、行かねば！

皆で声を掛け合い、励（はげ）まし合い、汗を流し、荷車を押して、頂上に辿（たど）り着いた。

「王様、まだこの先に人が住んでいるのでしょうか？　あまりにも険しい道ではありませんか。坪谷に引き返して、そこを安住の地とされた方がいいのではないでしょうか？」

「いや、ならぬ。坪谷の方々の言っていたのを信じようではないか。この道があるのは、この先で平和に暮らしている民のいることの証（あかし）なのだ。みんな頑張ってくれ。もう少しの辛抱（しんぼう）だ。きっと素晴らしい新天地が待っているに違いないのだ。行くぞ！」

しかし、峠を越え、やっと下り坂になったというのに、道は依然として険（けわ）しく、昼間でも薄暗かった。

本当にこの先に人が住んでいるのだろうか？

そうして、坂を下り終えた所で、「小丸川（おまるがわ）」に出合った。

一体どこに流れていってるのだろうかと思わせるほど激しい川の流れであった。川幅は広く、水は豊かで、滔々（とうとう）と流れていた。

さらに進むと、またも右手の山は絶壁が連なり、左手の小丸川は断崖をなし、ここでもやっと荷車が通るほどの狭路が続いていた。

「おお、これほどの狭路だ。追討の軍が来ても、ここから先は来ないだろう。これで我らは本当の平和を手にするのだ！」

禎嘉王の言葉に、感動の波が走った。女官たちは泣きじゃくっていた。

狭い道は続いたが、「小又吐（こまたばき）」を過ぎると、小さな草原が現れ、ぽつりぽつりと人家が見えるようになったが、彼らは歩くのを止めなかった。

そして、その小高い山が終わったとき、突然、目の前がぱっと開けた。

と、また断崖と絶壁に挟（はさ）まれた山路になったが、それでも歩いた。

「おお、着いたぞ！　まさしく私が夢に描（えが）いていた山里だ！　飛鳥（あすか）の都（みやこ）を小さくしたような、そっくりの村だ。まるで生き写しだ。四方を山に囲まれ、名前にふさわしい、神の宿る里だ！　ここが『神門（みかど）』と言うに違いないのだ！」

禎嘉王が雄叫(おたけ)びを上げた。
一行(いっこう)は、その場にへなへなと座り込んだ。
だが、妙に快(こころよ)い疲れであった。
後は静けさが流れた。

十二、神門郷

一

四方を高い山々に囲まれた神門盆地は、その盆地を二つに割るように、東の方から西の九州山脈へ向かって一本の街道が抜けていた。その街道の南側には田園が広がり、その田園と切り立った山との間には「小丸川」が豊かな水をたたえ、所々で水飛沫を上げて激しく流れていた。そして、その北側は、緩やかな丘陵をなしており、そこが村人たちの集落となっていた。

その集落の中を走る狭い街道には、まばらではあるが、両側に家が建ち並び、そこをもっと奥に足を運ぶと、一里先には鬼神野集落があり、そのまた一里先には渡川集落があり、この二つの集落が神門と合わさって、この神門郷をなしていた。

そして、その北側の緩やかな丘を上がり切ると、小高い山になっており、その中腹には観音寺があり、また、その丘陵が尽きる西側のこんもりとした森の麓には、小さな祠のような神社が祀られており、その二つに挟まるように、この集落の長である「益見太郎」の屋敷があった。そして、その屋敷を守るように、その配下である七人衆（海野・小路・中邑・村田・宮脇・中戸・桑原）のうちの「海野・小路・中邑・村田」の四人が段をなして屋敷を構えていた。

他の三人のうち、宮脇は神門郷の入り口である井手内川のほとりに住み、中戸は鬼神野を守り、桑原は渡川を守っていた。

振り返ってみれば、この神門郷はこの「益見太郎」を中心にして、この七人衆が守ることで平和が保たれていた。

禎嘉王の一行が、神門郷の入り口である井手内川（小丸川の支流）に差しかかったとき、一行をそこに止めると、禎嘉王はひとりその川の土橋を渡り、左側の最初の家を訪れた。

彼は辞を低くした。

「恐れ入りますが、私は、大和の国から来ました余禎嘉と申します。供の者十五名を連れておりますが、決して怪しい者ではございません。訳あって、この地を訪れることになりました……ここが神門の郷と聞いて、参ったのですが、間違いないのでしょうか？」

禎嘉王のあまりにも礼儀正しい挨拶に、そこの家の主人も改まった口調で応じた。

「左様です。ここは神門と申しますが……」

「ありがとうございます。もし差し支えなければ、この村の長に当たる方のお住いを教えていただけないでしょうか？」

主人は、禎嘉王の気品に満ちた顔をじっと見ていたが、深く頷いて、

「分かりました。申し遅れましたが、私は宮脇と申します。この村の長は、益見太郎と申しますが、この村ではなぜか誰もが『ドンタロウ様』と言っております。近くですので、私がご案内します」

と言ったが、はっと気がついたように、宮脇は大きな声で言った。

「あっ、申し訳ありません。失念しておりました。それより、皆さん方は大変な御苦労をなされたのでしょう。たいそうお疲れでもありましょうに、すっかり忘れておりました。手配するのが遅くなりました。むさい所ではありますが、雨、露をしのぐことぐらいはできましょうから……」

そう言って、宮脇は奥に入ると、台所の方で家の者にいろいろと指図しているようであった。

そして、すぐに禎嘉王の前に現れた。

「今、家の者に、御一行様をこの家に迎え入れて、食事とお風呂を御世話するように言いつけておきましたので、どうぞ御安心ください……さあ、今からドンタロウさんの所へ御案内しましょう」

そう言って宮脇は、禎嘉王の前に立って歩き始めた。

その井手内川のまた支流であるもっと細い溝のような谷川沿いに少し上り、その道を西に向かって村を横切って進むと、観音寺から下ってきた坂道に合流した道に出た。そこを上っていくと、少し小高くなった丘に出る。そこの麓にあるのが益見太郎の屋敷であった。

ドンタロウさんの屋敷に着き、互いの紹介と挨拶が終わると、禎嘉王は、ここまで辿り着くまでの経緯をゆっくりと話し始めた。

百済王の使者として大和に来てから天智天皇にお仕えしたこと、それから天智天皇の逝去、壬申の乱によって大友皇子がなくなり、そのとき自分は難波にいてどうすることもできなかったことなどを語り、やむなく難波湊を脱出したことを話し終えた。

すると、益見太郎が言った。

「これは問題が大き過ぎます。私ひとりでは決めかねます。七人衆を集めましょう。鬼神野（中戸氏）渡川（桑原氏）の者には、狼煙を上げればいいでしょう。明日、じっくりと相談することにして、今夜は、皆が揃うまで私と宮脇の所でできるだけのお世話はさしていただきます」

そう言われて、禎嘉王一族は益見の家に、供の者は宮脇の家で世話することになった。

禎嘉王とその一行は、益見太郎をはじめとする村人の温かいおもてなしに、感謝の気持ちを深く頭を下げることで表した。

早速、村の外れの高台から狼煙が上がると、すぐにそれに応えるように鬼神野の方角に狼煙が上がり、またすぐに、それに応えて渡川から狼煙が上がった。


翌日、村の七人衆が揃うと、すぐに益見太郎が口を開いた。

「こちらにおられるお方が、大和朝廷から……いや、百済からと言ったほうがいいのかもしれないが、百済王朝から、平和を求めて、この地に亡命してきた禎嘉王なのだ。私は受け入れてもいいと思ったのだが、皆の意見を聞いてから決めようと集まってもらった次第。詳しくは、王様の話を聞いて、皆の意見を聞かせてもらいたい」

その言葉に合わせるように、禎嘉王が言った。

「最初は亡命する心積もりで、一族郎党を引き連れてまいったのですが、百済の義慈王の甥であったことから、王の使者として来ることになってしまいました。ところが、思いもよらずに天智天皇に重用され、大変な任命を受けてしまったのです」

そう言って、禎嘉王は、布包みを開き、銅鏡と、天智天皇からの詔の『唐・新羅防衛将軍』の任命書を見せた。

そして、昨夜の村長に話したことを繰り返していたが、急に禎嘉王の顔が曇った。

「そうしたことから、危険を感じた私は、大和の国からの脱出を決心したのでした。それで、一艘目には私と次男の華智王が乗り、二艘目には嫡男の福智王を乗せ、三艘目には大友皇子の教育係であった沙宅殿と答炑殿を乗せて、その三艘の船で難波湊を脱出したのです。最初は楽しい船旅でした。しかし、それも長くは続きませんでした。我々は途中で時化（台風）に遭い、難破して、私は漸く金ヶ浜に漂着して助かりましたが、後の一族郎党は散り散りとなってしまいました」

「それで、御家族はどうなったのですか？」

「周辺を随分と探し回りましたが、行方は全く分かりませんでした。金ヶ浜の方々にも探してもらいましたが、杳として分かりません。どこかで生きていてくれればと祈るばかりです」

「そうですよ、きっとどこかで生きておられますよ」

「ありがとうございます。私は何も欲しくはないのです。ただ平和が欲しいだけなのです。

家族一同が平和に暮らせることができれば、それだけでいいのです。日向国は、平和の国といつも聞いておりました。その言葉だけを信じ、いつの日か行きたいと念じておりました。そしてこのたび、この日向国を目指してきたのですが……どうぞよろしくお願いします」

禎嘉王の顔には、家族を失った深い悲しみと苦悩が滲んでいた。誰が見ても、目にはうっすらと涙が浮かんでいた。

「私は何の異存もございません。喜んで受け入れていいのではないでしょうか……」

宮脇の言葉に、他の六人も同意した。

「よし、これで決まった。今だかつてこの村で起きたことのない、初めての経験となるのだが……王様、できるかぎりのことは致しますが、何か不都合なことが起きましたら、どうぞ遠慮なくこの七人衆に申しつけください」

「ありがとうございます。ありがとうございます」

禎嘉王の顔は、感謝に溢れていた。

そして、禎嘉王一族の住居は、隣接した小さな神社のある森の裾に位置する平地に建てることになった。そこは益見太郎の家から声を掛ければ、届くぐらいの距離であった。

その建設には、益見太郎の意向が伝わっているのか、村民総出で行われ、驚くことに四カ月足らずですっかり出来上がった。

二

半年が過ぎた。

毎日が穏やかであった。来る日も来る日も穏やかであった。

だが、幸福であればあるほど、禎嘉王には、妻や息子、そして、一族郎党のことが思い出されてならなかった。彼の脳裏からは、遭難以来のことが一時でも消えることはなかった。

〈皆にこの幸せを味わわせてあげたかったのだ！　みんなは今頃どうしているだろうか？無事であっていてくれたら……〉

と、その安否を思うと、自然と気持ちが沈んだ。

すぐにでも探し回りたかった。しかし、亡命の身である自分にそんな我儘の許されるはずがなかった。

禎嘉王は、いつもそのことを胸に秘めて、毎日を過ごしていた。

そんな禎嘉王の煩悶を覆い隠すように静かな時が流れていった。これを本当の静謐というのだろうか？

この世に生を受けて以来、自分は今までこの静けさを味わったこともなかった。小鳥のさえずりが、これほど人間の心を豊かにしてくれるとは……川の瀬音がこれほど心を和(なご)ませてくれるとは……。

禎嘉王は、平和という言葉を、毎日胸の中に刻み込んでいくような気持ちで過ごした。

〈生まれてこの方(かた)、自分は、心身ともに武装して生きてきたような気がする。常に敵を意識し、相手に隙(すき)を見せては殺されると、緊張して生きてきた。そうなのだ。少しでも油断すれば、命を脅(おびや)かされる。瞬時の心の余裕も許されない人生であったような気がする〉

それが何という変化であろうか。朝目覚(めざ)めたときからゆったりとした気持ちで何人(なにびと)にも心を開いて接していいのだ。何の警戒することもいらない。我ら亡命者一族を、何の差別も偏見もなく受け入れてくれた神門(みかど)の民の大きな心に、禎嘉王はどれほど感謝したことだろうか！　戦(いくさ)と差別の中で生きてきた禎嘉王には暫(しば)らくの間はそれが信じられないほどであった。

これを本当の平和というのだ！　これこそまさしく平和の国――日向国(ひむかのくに)の神門郷(みかどきょう)なのだ！

毎日、心の中から警戒心を捨て、隙だらけになって生きていける。こんな幸せを持って、心豊かに生きている神門郷の民――これだけは、何があろうと壊してはいけない。

いつか禎嘉王の顔もなごやかになり、村人と交わす挨拶の声も穏やかになっていた。毎日、村を散策することが日課となったほど彼は村に溶け込んでいった。

そうした春の霧の晴れた日、禎嘉王は、いつもの散策をしようと、華智王(かちおう)を伴(とも)ない、小高い丘にある屋敷を出て、村の小道に入った。そのときであった。

いつもは静かな小道であるのに、十人ぐらいの村人たちが集まって、その道端の、かなり大きなケヤキを囲んで騒いでいた。

「何事ですか？」

「あっ、これは王様！」

と言った村人が、すぐに人垣から離れ、禎嘉王がよく見えるようにその位置を譲り、かしこまった表情で言った。

「毎年、この季節になると、ここに蜂が集まってきて群れるのですが、害があるわけでもなく、何日かしたら、いつの間にか消えているのです。不思議な現象です」

「ああ、蜜蜂ですね……これは蜜蜂が巣作りの場所を見付けるまでの仮住まいなのですよ。今は、他の蜂がそれを捜しにいっているのです。それが見つかり次第蜜蜂は全員で移動するのです」

村人は、その説明に一つ一つ頷いていた。

と、突然、禎嘉王が声を大きくした。

「あっ、いいことを思いつきました。蜂蜜を取ったらどうでしょうか？　面白いですよ……皆さんの中で、うろ（空洞）のある木を持っている方はいませんか？　大きさが一尺から一尺五寸ぐらいで、長さは二尺から二尺五寸ぐらいの物がいいのですが……」

禎嘉王は、両手で大きさを表現しながら周りを見回した。

「村田の松さん、あんたが持っているじゃないね。ほら、庭の隅っこに放ったらかしにしてあるやつですよ」

「あれでいいんですか？　王様があれでいいと言うのだったら……一度見てもらいましょうか」

「はい、見せてください」

禎嘉王は、村田が七人衆の一人だとすぐに気が付いたが、深く頭を下げただけで、彼の後に従った。彼の家は歩いて百歩ぐらいの距離であった。

「ああ、これですよ。これならうろの大きさも申し分ありません。すぐに二尺五寸ぐらいに切って、中を手斧のような物で削って、内側をできるだけ滑らかになるように仕上げてください。そして、その上部に板を釘で打って蓋をして、最後に下部の方に、蜜蜂が通れるくらいの細長い穴を数カ所あけることで完成です」

村田の作業は手際良かった。すぐに出来上がった。

村田がそれを抱き上げ、禎嘉王に従うと、村人たちも今から何が始まるかと、ワイワイ言いながら、蜜蜂の所へと急いだ。

禎嘉王は、途中で、道端にある棕櫚（しゅろ）の木の枝を取ることを忘れなかった。

蜜蜂はまだ固まりになって、ケヤキの太い幹で唸（うな）っていた。

禎嘉王は、二人の村人に手伝わせ、蜜蜂が驚かないように、できるだけゆっくりと蜜蜂の固まりと並行するよううろの木を幹に添わせると、棕櫚の葉を束ねて、それを蜜蜂の固まりにそうっと入れた。

蜜蜂がワーンと羽音を立てた。

禎嘉王は、それには構わず、その群れの中のひときわ大きい女王蜂を、その棕櫚の葉でそうっとうろの中へ移そうとすると、蜂の群れもその女王蜂を守るように一つの固まりとなって移動した。そして、それはすぐにうろの中に収（おさ）まった。

村人の目が一斉に禎嘉王に向けられると、誰からともなく、感嘆（かんたん）の声が上がった。

「村田さん、その蜜蜂の入ったうろの木をそうっと持って、付いて来てください……そうです、大丈夫です。そうっと運べば、蜂は決して刺しませんから」

そう言って、禎嘉王は、井手内川近くのお椀（わん）を伏せたようなこんもりとした山に向かって歩き始めた。

そこに到着するとすぐに、南向きの場所を選び、雑木や雑草を払わせると、地面に平たい石を並べさせ、そこにうろの木を据（す）えさせた。そして、それが台風で飛ばないようにその上に大きな石を乗せさせた。

　安心したのか、ざわついていた蜜蜂は静かに落ち着き、巣の周りを飛び交い始めた。

「これでいい蜂蜜が採れると思います。村田さん、まだうろの木が余っていたら、それも同じように作って、空のままでいいですから、三、四間間隔で据えてみたらどうでしょうか。今の蜜蜂の状態からしますと、分離する可能性十分です。別れてそちらにも新しい巣を作るのです。ですから、村でこんなうろの木を持っている人がいましたら、村田さんが指導して、できるだけ何個でも据えてみたらどうでしょうか？　この村は花がいっぱいです。きっとどれにも蜜蜂が入って巣を作ると思います。ただし、据える場所は、できるだけ南向きの、冬には日当たりが良く、夏は木陰になる場所を選んでください。蜜蜂はそんな場所を最も好むようですから……」

　禎嘉王は、それだけ言うと、みんなの側を離れ、帰っていった。

　彼は、屋敷に帰るとすぐに野良着に着替え、庭に出て、前の畑を耕し始めた。これも彼の日課になっていた。初めのころは雑草に覆われていた百坪ほどの土地が、今ではすっかり畑に変貌していた。

　七人衆から何かと気遣ってもらっていたが、これ以上迷惑をかけてはいけないと、及ばずながらも、できることなら極力自給自足の生活をしなければと思った結果であった。

それでも剣が鍬に代わったことは、何とも楽しいことであった。

最初はうまくいかなかった鍬の使い方も、その地面に打ち込む角度を変えることで、軽く雑草が取れて、深く耕せることも覚えた。

それから十日も過ぎたころであったろうか。晴れ渡った青空の下で、いつものように軽く畑仕事をしているときであった。

急に村田が飛び込んできた。

「王様！　おっしゃるとおりでした。あれからうろの木を二カ所追加してみたのですが、二つとも蜜蜂が入っていました。今では三個とも蜜蜂で溢れています」

「それは良かったですね。秋口になったら、立派な蜂蜜が採れるでしょう。楽しみですね。蜂蜜を採るときは御一緒しましょう」

禎嘉王がにっこり笑うと、村田もにっこりと笑った。

「それで、もう少し増やしたらと思って、相談に来たのですが……」

「残念ですが、今年はもう遅いでしょう。無駄になると思います。それより来年に増やすつもりで、それに合う木を倒しておいていただけませんか。木の種類は、クヌギでも、杉でもいいですから……しかし、できるならクヌギの方がいいのですが……冬場になって、暇ができたときに、適当な寸法に切り、うろを作って、早春を待って据え付けるのです。それの方が確実なものになりますよ」

「分かりました。早速適当な木を選び、切り倒しておきます……それにしても、王様はどうしてこんな蜂蜜の採り方まで知っているのですか」

「ああ、そのことですか。私が百済（くだら）にいたときに覚えたのです。百済では普通にやっていることで、決して珍（めずら）しいことではないのです」

「すみませんでした。今後もいろいろと教えてください。よろしくお願いします」

そう言って、村田は満足そうに軽い足どりで帰っていった。

三

八月も終わりに近い、ある晴れた日のことであった。

稲に花が付き、ちょうど農閑期（のうかんき）となり、農民が少し体を休める余裕の生まれる時期がある。それを見はからって、禎嘉王（ていかおう）は村田の所へと足を運んだ。

「村田さん、早速ですが、蜂蜜の採集に行きましょうか」

と言うと、村田は驚いた。

「もういいのですか？　まだ蜂は勢いよくブンブン飛び回っていますが」

「いいんです。今頃が一番適切な時期なんです。鉢か瓶を五、六個用意してください」

「はい、分かりました」

そう言って、村田が用意を終わったころであった。どこで嗅ぎ付けたのか、村人が集まってきた。そして、禎嘉王が歩きだすと、ぞろぞろと後に付いてきた。

蜜蜂の巣を据え付けた例のこんもりとした森の麓に来ると、禎嘉王は、すぐにうろ（空洞）の木の重石を取り除き、村田に鉢の用意をさせ、うろの木を斜めに傾けて、その下部を鉢に乗せた。蜜蜂が騒ぎ始めたが、それには構わず、うろの中に手を突っ込むと、その中に下がっている蜂の巣を取り出し始めた。

期待で誰の心も踊った。

蜂の巣は六列になって蓋から下がっており、そのうちの二列を取り、鉢に入れた。蜂蜜がどろりとしたたり、鉢がいっぱいになるほどの量がそれを満たした。なお、その壁に付いている蜜も掻きだした。同じようにして、反対側の二列の分も採った。

そして、後の二列を残したまま、すぐにそれを伏せると、また元の位置に戻した。

その要領で、後の新規の二つのうろからも蜂蜜をたっぷりと採り、元に戻すと、まるで凱歌を上げるように屋敷へと帰ってきた。

「王様、どうして全部採らないで、後の二列は残しておいたのですか？　もったいないような気がしますけど……」

「それは蜂が冬籠もりするからです。そのための食糧がいるでしょう？　全部採らないで残しておけば逃げないで、また来年もここに踏み止まって、確実に蜂蜜を作ってくれるからです」

　帰り道の会話は弾んだ。それはまるで禎嘉王への絶賛の声であった。

　屋敷に帰り着くと、禎嘉王は、大きな瓶を出させ、採ってきた蜜蜂の巣を絞って、その瓶に移させた。

「皆さんにお願いがあります。これは初めての蜂蜜でしょうから、できるだけ村の多くの方に味わってもらいたいのですが、一軒に小さなお椀一杯ぐらいしかならないでしょうが、いかがでしょうか？」

「いいや、これは全部王様のものです。王様が自由にしたらいいのです」

「ありがとうございます。お気持ちだけいただきますけど、やはりこれは村の方々に配りたいと思います。皆さんで配っていただけないでしょうか？　お願いします……それで、忘れないでほしいことがひとつあります。それは、甘いからといって、幼子、特に赤ん坊には絶対に与えないように注意してください。強過ぎて、逆に体を壊しますからと、よくよく言って配ってください。疲れたときに、だ・れ・や・めの代わりに、少し舐めるだけで元気になることがあるほどです。ドンタロウさんには私が持っていきますので、よろしくお願いします」

そう言って、禎嘉王は、村田にすべてを託した。

と、翌日から思いもかけないことが起きた。

蜂蜜のお礼にと、村人たちが、「お口に合いますか」と言って、米や野菜を持って、押しかけてきたのだった。

禎嘉王は慌（あわ）てたが、嬉しくてならなかった。

こうした村人との融和によって、禎嘉王の顔から、研（と）ぎ澄まされた険（けわ）しい表情が、一枚、二枚とはがれ、温和な表情となって表れていった。そして、禎嘉王一族は次第に神門郷に溶け込んでいった。

十三、蜂蜜と塩

一

神門郷（みかどきょう）の冬は寒い。

特に朝夕の寒さは、毎日霜柱を生み、屋根からは氷柱（つらら）が下がり、身に凍（し）みるほどである。だが、朝日が昇り神門盆地を照らすと、ここは幸いなことに風は少なく、小春日の続くのが、この盆地の気候であった。

冬場の農閑期（のうかんき）になると、農民は、春から取りかかる農作業一年分の準備にかかる。藁（わら）で縄（なわ）を編（あ）み、俵（たわら）を編み、竹を編み、そして、一年分の薪（まき）を作る。

禎嘉王（ていかおう）は、昨年、村田に倒してもらっていたクヌギを庭に運ぶと、村田と一緒になって、二尺五寸に玉切りにし、蜜蜂の巣になるうろ（空洞）を作り、近くの里山の日当たりのいい場所を選んでは、据え付けて回った。

その蜜蜂の巣箱は、前年の三基を入れると、十基にもなった。

そして、半年も過ぎて秋口になると、たっぷりの蜂蜜を手にすることができた。

早いもので、禎嘉王が神門郷に辿り着いてから、早二年の歳月が流れようとしていた。

禎嘉王の中にあった警戒心も漸く薄れ、今ではすっかり村人に溶け込んでいた。

八月の末、昨年と同じように蜂蜜を手にした禎嘉王は、益見太郎を訪ねた。

「ドンタロウさん、いつも村の方々には大変なお世話になっていて、心苦しいのですが、今日はまたお願いがあってまいりました……」

「いいえ、私たち村民の方こそ御世話になっているのですから、何の遠慮することはありません。何なりとおっしゃってください」

「二年過ぎましたから、もう大和朝廷からの追討軍は来ないと判断したものですから……」

「そうです。私もそう思っていました。そんな噂も聞こえてきません。おっしゃるとおりで、今からはこの神門でゆっくりとお過ごしください。本当に良かったですね」

「ありがとうございます。それで、ご迷惑をかけてはいけないと思って黙っていたのですが、追討軍が来ないと分かりました今、思い切って申します」

禎嘉王は、益見太郎をじっと見つめて、後を続けた。

「実は、私たち一行が遭難して金ヶ浜に打ち上げられたときのことでした。難渋しまして、一時はどうなることかと途方に暮れ、絶望的になっているときでした。金ヶ浜の方々が私たちを救ってくれたのです。そして、別れ際に、落ち着きましたら、きっとお礼に参りますと、約束を交わし、こちらに参りまして、また神門の方々に救われまして……」

禎嘉王は言葉に詰まったが、

「そんな私にこんな我儘は許されないかもしれませんが、どうしてもその約束がずっと心に残っていまして……この蜂蜜を持って、ぜひ一度だけでもいいので、お礼に参りたいのです。終わったら、すぐに戻ってきます。お許しいただけないでしょうか？」

「王様、何の反対することがありましょう。人間の根源である『約束を守る』いうことを実行しようとする王様が、この神門に来ていただいたことだけでも、私は誇りに思います。ぜひ、金ヶ浜へ行ってください。そしてじっくりと心いくまでお話してきてください。ひょっとすると、遭難された御子息やお供の方たちの安否が分かるかもしれません。そうあるといいですね。何か私にお手伝いできることがありましたら、何でもおっしゃってください」

「ありがとうございます。私は本当に恵まれています。用事が終わり次第すぐに帰ってきますので、よろしくお願いします」

そう言って、禎嘉王は、屋敷に帰るとすぐに旅の用意にかかった。

二つの大きな瓶に蜂蜜をたっぷりと満たし、村人からもらった米三俵を積み、少々ではあったが乾燥の椎茸やゼンマイを加え、繊維になる植物（現在のラミー）を乗せ、次の日にはもう出発していた。


楽しい旅であった。

今度の旅は追われる心配もなかった。景色を楽しみ、逢う人ごとに笑顔で挨拶を交わせることが平然とできる、なごやかな旅であった。

小又吐を過ぎ、難所である伊佐賀や鎌谷の峠を越えるとき、どれほど額に汗しても、皆の顔は晴れやかであった。禎嘉王は、道々で、金ヶ浜の長の浜崎の驚いた顔を思い浮かべるだけで嬉しくてならなかった。

最初の泊まりは坪谷であった。

禎嘉王の到着を知ると、すぐに村長の黒川が迎えた。

禎嘉王は、黒川の手を取ると、二年前の世話になったことを謝した。追われる身であったことから、失礼なことばかりして去ったことを、身を低くして謝り、「皆さまのお陰で今の自分があるのです」と感謝した。

村長は、禎嘉王の変わりように驚いていた。二年前には追われていたとはいえ、今の気品に満ちた姿勢は、まぎれもなく百済の王様だと、自然と頭が下がった。禎嘉王手ずからの蜂蜜の壺を受け取る手が震えた。

　次の日、黒川は尊敬の眼差しで、一行の姿が山の陰に隠れるまで見送っていた。

　耳川を渡り、羽坂へ出ると、またあのときの心細さが思い浮かばれてきた。追われる身の辛さが今更のようであった。

〈あの時、神門行きを決断しないで、耳川沿いを真っすぐ上っていっていたら、どうなっていただろうか?〉

　そう思うだけで、身の引き締まる思いであった。そして、改めて、自分はいつも他人に助けられて生きてきたことを思い知らされた。

二

　いよいよ金ヶ浜に近づいた。

　微かな潮の香りがしてくる……思わず胸が躍った。顔はほてり、胸の高鳴りが聞こえてきそうであった。

〈浜崎さんに逢ったら、どんな挨拶をしたらいいのだろうか?　何と言ったら……〉

そう思うだけで、胸がいっぱいになった。

漸く浜崎の家に着いた。

庭の中央に人影があり、荷車の先頭にいる人を見ている。

どちらからともなく駆け寄った。

「おおっ！」

と呼び合うと、二人はしっかりと手を握り合い、じっと見つめ合っていた。暫らくは動こうともしなかった。次から次にこみあげてくるものがあった。胸がますます苦しくなる……。

「ご無事でしたか！　ご無事でしたか！」

浜崎の言葉にも、禎嘉王は、目頭を熱くして、ただ頷くだけであった。そしてまた、浜崎の手を握りしめると、それを押しいただくように、額に当てた。

「あなたもご無事で……うかがわねば、うかがわねばと、いつも気にかけていながら……何しろ私は追われる身です。とうとう、二年も過ぎてしまいました。お約束をしながら、申し訳ありませんでした」

そう言って、禎嘉王と供の者は、荷車から荷を下ろし始めた。

「これは神門で取れたものです。この蜂蜜は私が作ったものですから、どうぞご遠慮なく受け取ってください。お米は村人からいただいたものです。それに、このラミーというのは、柿の渋に浸けると強くなるということで、何かの役に立つかもしれないと、持ってまいりました。言葉では言い尽くせないほどのお世話になっていながら、こんなお粗末なものばかりで申し訳ありません」

「とんでもありません。貴重なものばかり……金ヶ浜の者には欲しくてならないものばかりです。まして王様からの贈り物とあっては、どんなにして分けてやったらいいのか、今からでも頭を抱えそうです。とにかくお疲れでしょう。どうぞお話は家に上がってからにしましょう。王様がいつかきっと帰ってこられると思って、住まわれていた家は、そのままにしております。村の仲間たちにも連絡をとりましょう」

そう言って、夕方になるのも待たず、浜の人々が集まってくると、禎嘉王を囲んで、宴会が始まった。

尊敬する禎嘉王が無事であったことに、誰もが感激し、杯を重ねた。

宴会がたけなわになったころ、村人の一人が浜崎に言った。

「思い切って、例のことを言ってみたらどうですか?」

「うん、分かってはいるんだが……そうだな、思い切って言うか……」

浜崎は、幾分酔った顔で言った。

「王様、この浜に遭難されたときに、私たちがお願いしたことを覚えておられるでしょうか？　やはり私たちの目は間違ってはいませんでした。王様はきっと帰ってくると信じて、この屋敷をこのままにして、お待ちしていたのです。どうぞ、私に代わって、この金ヶ浜を治めていただけませんか。それがここの村民の総意なのです」

「とんでもありません！　私はまだ百済からの亡命者なのです。しかも、私にはそんな力量も徳もありません」

「いいえ、無礼なことを申しました。器が違います。王様は、この狭い金ヶ浜だけで納まるお方ではありませんでした。王様こそ、この日向国の王に相応しいお方なのです。そのための足掛かりとして、最初にこの金ヶ浜を治めていただきたいのです。そして、ここを拠点として、神門も、坪谷も、その近隣も治めていただいても、どこの民ももろてを挙げて賛成すると思います。不服を申し立てる者はひとりもいません」

禎嘉王は、困り果て、口をつぐんでいた。

「これは噂話ですが……王様が触れないので黙っていたのですが……聞くところによると、二年前から、『比木』と、もっと南の『田野』という所に、百済の王を名乗る人が住むようになったといわれています。それこそが、王様がおっしゃっていました遭難した他の二艘ではないでしょうか？　生きておられたのですよ。それこそが、王様がこの日向国を治めるように運命づけられている証ではないでしょうか。この三カ所を拠点にすれば、この日向国を治めることは、難なくできるのではないでしょうか？」

いつか喝采の拍手が起きた。

禎嘉王は、そら恐ろしくなった。いつの間に、こんな大それた話に発展していたのだろうか？　明らかに反乱ではないか！　もしこのことが大和朝廷に知れたら……一辺に酔いの醒める思いであった。

「ちょっと待ってください。その噂話が本当だとしても、決してその二カ所とは連絡はとらないでください。問題が大きくなります。三カ所に百済の王がいると大和朝廷に知れたら、何が起こるか分かりません。平和を求めて来て、早二年が過ぎました。私は心の中で決めているのです。たとえ、それが私の息子であろうと、そうっとしておいていただけませんか？　私は、この平和な日向国を戦乱に巻き込みたくないのです。お願いします」

禎嘉王の青白くなった顔色を見ると、浜崎はたじたじとなった。

「分かりました。無理を言ってすみませんでした。王様の気持ちが変わりましたら、ぜひお越しください。この屋敷は、ずっとこのままにしておきます」

「皆さまのお気持ちは、嬉しくてなりません。でも、今の私には、神門の方々にも測りしれないご恩があります。今は、それをどうしたらお返しできるのかと考えるだけで精いっぱいなのです。よろしくお願いします」

「申し訳ありませんでした。久しぶりの再会というのに、不粋なことを致しました。もうこの話はやめましょう。それより王様が無事であったことが何よりでした。それ以上に欲を言ってはいけませんでした。それだけを感謝して飲みましょう」

三

昼間は浜辺を散策し、夜は深夜に及ぶ宴を繰り返し、三日三晩のもてなしを受けた禎嘉王は、帰路に就いても、まるで夢を見ているようであった。

浜崎の「日向国を治めてもらいたい」という言葉が頭に引っかかってはいたが、神門での暮らしをつましくしていれば、あれほどの山奥までは追手は来ないだろうと、ひとりで自分を納得させていた。静かに、ひっそりと生きていくことだと、自分に言い聞かせながらの帰路の旅であった。禎嘉王の唇には、自然と笑みが浮かんでいた。

「私はこの平和が欲しかっただけなのだ。それを本当に手に入れたのだ。それ以外に欲しい物は何一つとしてないのだ。今のこの瞬間が最高に幸せなのだ」

彼はその言葉を何度も自分に言い聞かせた。

至れり尽くせりの三日であった上に、帰りの浜崎からの返礼は、塩が二俵に、魚の干物、昆布、ワカメなどが、二台の荷車に満載であった。

　神門郷に辿り着いた禎嘉王は、海の幸を荷車に積んだまま、その足で、益見太郎の家へと向かった。

「ドンタロウさん、大変長い間留守にしまして、申し訳ありませんでした。お陰様で、肩の荷がひとつ下ろせました。この荷車の物は、蜂蜜のお礼としていただいてまいりました。どうぞ皆様に分けてあげてください」

　益見太郎は、荷車の側に寄ると、急に大きな声を上げた。

「これは塩ではないですか！　こんな貴重な塩を、しかも二俵もあるではないですか！　それに、この干物は、どれも滅多に口にできない貴重品ですよ。これは、私がどうこうできるものではありません。王様が采配するものです。どうぞお持ちください」

　そう言って、益見太郎は頑として受け取ろうとせず、荷車を禎嘉王の屋敷へと運ばせた。

　禎嘉王は、やむなく七人衆に集まってもらった。

「また皆さんにお手数をかけます。ドンタロウさんにお持ちしたのですが、これはあなたの物だと言って、どうしても受け取ってもらえません。違うのです。これは、神門からのお土産に対してのお返しにもらった物なのですから、村全部で分ける物なのです。面倒でしょうが、どうぞ、できるだけ多くの方々に行き渡るように配っていただけませんか」

と言って、頭を下げた。

そうなると、禎嘉王に無関心であった者も、道ですれ違うたびに深く頭を下げて、挨拶をするようになった。今まで感謝の気持ちで禎嘉王に接していた村人たちもそれだけではなく、次第に尊敬の気持ちへと変わっていった。

年が明けると、それはますます顕著になっていった。

いつか村人たちは、益見太郎だけでなく、禎嘉王にも、村の諸事について相談するほどになった。

「ドンタロウさん、出過ぎたことを申し上げてもいいでしょうか？」

「王様はもうすっかり神門の人で、この村の尊敬の的になっているのです。何を遠慮することがあるものですか。今からは、私に気兼ねなんかしないで、思ったことを、どんどん実行してください」

「いいえ、そうはまいりません。まだ私は何も分かってはいません。まして、これほどお世話になっているのです。今後とも、何事があってもご相談させていただきます」

「それで、相談とは？」

「二、三人の方が言ってきたのですが、小丸川と集落の間の田んぼで、毎年のように水の取り合いがあっているので、何か思案はないかと言ってきております」

「ああ、あの前田地区のことですね。それなら私も知っています。争いとまではならないのですが、小競り合いはあってるようです。何しろ、水のいるときは皆一緒ですからね。これは稲作をする者には普通にあっていることですから……」

「私もそう思いましたが、何か知恵をと言われて、付近を見て回ったのですが……素人考えで言うのですが、笑わないでください……池を作ったらどうでしょうか」

「池？　池ですか？」

「はい、村田さんの石垣の所にある、あの湧水の豊富にある湯川から十間ばかり下の沼地をもっと広くして、同時に深く掘り下げ、水をたっぷり溜め、もう一つは、ドンタロウさんの裏手に近い湧水から流れ込んでいる沼地を同時に池に変えたらいかがなものかと考えたのですが？　それの水路は、道路横断になりますけど、これは簡単にやれると思います。この池と前田地区の落差は十分にありますから、相当に深い池を作っても、大丈夫と思います」

益見太郎は唸った。

「気が付きませんでした……王様は、どうしてそんな知恵が湧いてくるのですか？　ただ驚くばかりです。いつもその沼地の側を通っているのに、見逃がしていたなんて、村長失格ですな」

「とんでもありません。失礼なことを申し上げました。お許しください」

「いいえ、良いことはすぐ実行ですよ。大池が二つもできれば、どんな渇水期でも心配いらなくなります。早速、皆と相談して、取りかかりましょう」

禎嘉王は、益見太郎の心の大きさを思った。ドンタロウさんと言われて、慕われているのが分かるような気がした。

益見太郎の行動は速かった。

前田地区の田んぼの保有者全員が集められると、その二つの沼地の浚渫工事が始まった。沼地の泥は肥料になるからと田んぼに撒かれ、その沼地には石垣が築かれ、堤防が作られた。この工事は、二つ同時に着工したからなのか、それとも競争心理からなのか、瞬く間に、二カ月で終わった。

水路も整備され、池への流れ口を切ると、勢いよく水が流れ込んだ。だが、見ている前では、なかなか水は溜まらない。

益見太郎が言った。

「村の衆、もう心配することはないぞ。三日もしたら、いっぱいになって溢れ出るわ。ゆっくりと待つことだ」

そう言って、益見太郎が引き揚げていった。

そして、三日も過ぎたころであった。

「大変です。すぐに来てください」

と、益見太郎と禎嘉王の所に、大勢の村人たちが押し寄せてきた。

「何事だ！」

「とにかく来てください！」

二人は村人たちと一緒になって走った。

そして、池の側まで来たとき、皆の足が止まった。

「おお！」

と、誰もが感嘆の声を上げた。

池は満々と水をたたえ、青く澄んでいるではないか！

誰もが想像もできなかったほどの水量であった。

誰もが暫らくは声もなく、その水面を見つめていた。

「私は、一時は池の堤防が壊れて水が溢れ出たのかと思いましたよ」

禎嘉王の言葉に、益見太郎が言った。

「本当です。私も肝を冷やしました。これで安心です。もう一つの池も同じように満水していることでしょう。王様のお陰です。これでこの村は、水で争うこともなくなるだろう。前田地区の水が足りなくなったら、出口の仕切り板を少しずつはずせば、すぐに田んぼを潤してくれるぞ」

益見太郎の言葉が終わるのを待っていたかのように、いつも前田地区で採めていたひとりが叫んだ。

「バンザイ！　ドンタロウさん、バンザイ！」

すぐに村人たちがそれに和した。

「違う！　違うぞ！　これはわしではない。王様の知恵から生まれたのだ」

すると、また、

「王様、バンザイ！　バンザイ！」

の声が上がった。

十四、神門郷の発展

一

皮肉というのだろうか？　それとも当然なのだろうか？

禎嘉王(ていかおう)が、謙虚(けんきょ)にふるまえばふるまうほど、目立たぬようにと質素な生活を心がけるほど、神門郷(みかどきょう)での存在は大きくなっていった。

人目を避け、毎日畑に出ては、そこを耕(たがや)していたが、村に何か困ったことがあれば、王様に相談すれば必ずいい方法を見付けてくれると、表舞台に引き出されるような観があった。

静かな生活は許されないのだろうか？

前田地区の灌漑(かんがい)工事が成功すると、今度は禎嘉王の所に宮脇が現れた。

「王様、池の話は聞きました。大成功だったそうですが、もうひとつ話に乗っていただけないでしょうか。私の家の前の小川（井手内川）を渡った所が原野になっています。水がないからです。どうにかして田んぼになりませんでしょうか？」

「私もそれは考えていたのです。一緒にドンタロウさんのところへ行って、相談しましょうか」

「いいえ、それには及びません、ドンタロウさんには私が先に逢ってきました。あの原野がどうにかなるならば、村としては大歓迎だということでした」

「分かりました。早速現地に行ってみましょう」

　何を言われても、断ることのできないのが禎嘉王であった。

　二人は井手内川を渡り、その原野を見渡した。実に広い。この茅で覆われた原野が田んぼに変われば、この村はどれほど潤うだろうか。

「問題は、これも水ですね。水がなかったから、原野のままだったのですね。ここを自分たちの手で田んぼに変えれば、後は自分たちで自由にできるというのは本当なんですか？」

「はい、ドンタロウさんがそう言ってました。間違いないと思います」

「だったら、やりがいありますね。この小川の上流に行ってみましょうか」

　そう言って、二人は道なき道を、井手内川の土手伝いに上っていった。

　暫らく行くと、それほど長い距離を歩かないうちに、右手の山から小川に流れ込んでいる湧水に近い谷に出合った。

「宮脇さん、ありましたよ。この谷の水を利用すれば、全部は無理としても、原野の半分ぐらいでしたら、田んぼに変えても、賄えるんじゃないでしょうか」

「こんなちょろちょろ水で、賄えるもんでしょうか？」

「だから村の人は諦めていたんですね。ところが、少しのようですが、案外これほどの水でも、一日溜めてみると相当なものになるものです……もっと上流に行ってみましょうか」

禎嘉王は、雑草を切り払いながら、上流に向かって歩き出した。そして、暫らく行くと、土手の少し曲がった所で足を止めた。

「宮脇さん、あの原野を全部田んぼに変えようと思ったら、ここに井堰を作って、そこから水を引けば、余るぐらいの水がまかなえますよ。しかし、それには相当の時間と人手がいりますけど……」

宮脇は驚いた。今まで誰もが考えたこともないことを、簡単に思いつく禎嘉王の顔を、彼はじっと見詰めた。それは驚嘆よりもまさしく尊敬の眼差しであった。

宮脇の家に帰り着くとすぐに、禎嘉王が言った。

「それでは取りあえず、原野の半分を田んぼにする計画でやってみましょうか？」

「はい」

と、言ったきり宮脇は何も言えなかった。この王様にかかると、どんな難事業でも簡単に出来上がるような気がした。

「まずは水路からですね」

そう言って、禎嘉王は、宮脇の持ってきた筆で簡単な絵を描いて見せた。寸分違わないような絵が目の前に広がった。いつの間にあの地形を覚えてしまったのだろうか、と驚くばかりであった。この王様の頭の中にはどれほどの知恵が詰まっているのだろうか？

絵図はすぐに出来上がった。

二人は、その絵図を見ながら、すぐにその水路の築造にかかった。

もう宮脇は禎嘉王に心酔していた。何ごとも禎嘉王の指示を仰いだ。

その適確さに「この王様は一体どんな生き方をしてきたお方なのだろう」と不思議でならなかった。

益見太郎（ドンタロウ）の要請があったものか、二人がその水路工事にかかると、すぐに村人たちが加勢に来た。

村人はまた夢を見た。この原野が前田地区と同じように稲の穂波で埋め尽くされるようになることを想像しながら、作業に励んだ。

禎嘉王は、誰からも「監督だけで、工事の指示さえしていただければ」と言われたが、決してそれをしなかった。自分から村人の中に入り、一緒になって石を運び、土を運んだ。毎日汗を流すことが楽しくてならなかった。何ものにも代え難い平和への感謝と歓喜であった。

　水路が出来上がり、最初の一枚目の田んぼが出来上がり、いよいよそれに水を入れようとしたときのことであった。

　観音滝(かんのんだき)の方から、二台の荷車を引いた一行が現れ、次第にその影が大きくなってきた。神門郷(みかどきょう)では見なれない行列であった。

　開拓の手を休めた村人たちが、腰を伸ばして立ち上がり、一斉にそれを眺めていた。

と、禎嘉王(ていかおう)が駆(か)け出し、道路に駆け上がると、その一行を迎えた。

「おお！　浜崎さんではないか！」

「おお！　王様、お久しゅうございます！」

　禎嘉王は、手に付いている土を払うと、浜崎の手を握った。

「王様、そんななりをして、一体何をしているのですか？　どうしたのですか？」

「いや、今の私には、この村の人と一緒になって働くのが一番楽しいのです。太陽の下で、こうして土を耕すということが、これほど楽しいとは思いませんでした」

　二人は互いの陽に焼けた顔を見合わせて、大きな声で笑った。

禎嘉王は、宮脇に後を託すと、浜崎と肩を並べて家に向かったが、急に途中から右折れすると、益見太郎の所へと足を運んだ。

「私に何の遠慮もいりませんよ。このまま王様の所へ行きましょう」

と言って、益見太郎は屋敷(やしき)には上げず、そのままの足で、二人と連れだって禎嘉王の屋敷へと向かった。

屋敷に上がって、一応の挨拶が終わると、浜崎が口を開いた。

「今日お伺(うかが)いしたのは、皆さまにお逢いしたかったのはもちろんですが、実を言いますと、王様からいただきました山の幸があまりにも人気がありまして、今度は、私の方から海の幸をお持ちしまして、よろしければ、お取り引きを願えたら……虫のいい話ですが、交換していただけないかとお伺いした次第です」

益見太郎の顔が緩(ゆる)んだ。

「それは願ってもないことです。私の方こそ、貴重な海の幸が手に入るんでしたら、大喜びですよ。どうにかならないものかと、話しあっていたところなのです」

「ありがとうございます。これで決まりました。今後は定期的に運びますので、よろしくお願いします」

夜になると、七人衆を交えて宴会となった。浜崎持参の干物を肴に飲む酒は、禎嘉王には格別なものがあった。

〈いつの間にこれほど恵まれた境遇になったのだろうか？　これ以上私は何もいらないのに……〉

そう思って、みんなの顔を見まわし、それに浸ろうとしたときであった。外から客人の来た気配が伝わってきた。

禎嘉王は自ら玄関へ向かった。

「王様！　懐かしゅうございます」

と、二人の男が現れ、額ずいた。

禎嘉王は絶句した。何ということだ！

そこには、遭難したときに別れ別れになった三艘目に乗っていた沙宅紹明と答炑春初の姿があった。

「王様、御無事で……」

「そなたたちも無事であったか……」

禎嘉王は、二人の手を取ると、しっかりと握りしめた。眼が潤んだ。

「とにかく、上がって……上がってくれ。話は後だ」

　二人は禎嘉王の前にかしこまると、深く頭を下げた。

「私たちは、南の外れの海岸に打ち上げられました。そして、追討の兵を避けるために山奥へと向かい『田野』という所に到着し、そこに住み着きました。王様からいただいた書き付けと銅鏡のお陰で、私たちは百済王の末裔として、それは大事に優遇してもらいました。偽りはいけないことですが、かの地で平穏な暮らしを確保するには、やむを得ず百済王を名乗らせてもらうしかありませんでした。王様、どうぞお許しください」

「非常の時です。そうしなければ生きていけないのであれば、誰でもそうします。無事であったのが何よりです。それにしても、どうしてここが分ったのですか？」

「王様が神門という所に住んで、そこを治めているという噂は、もう私たちの所までも聞こえています」

　禎嘉王の顔が曇った。だが、話は続いた。

「それで王様に、私たちが無事であることを伝え、お詫びに行かなければと、二人で話し合い、急に思い立った次第です。王様ももうご存じだとは思いますが、途中で福智王にお逢いしてきました」

「おお、福智王も無事であったか！　妻の之伎野は無事か？」

「はい、お二方とも元気です。今は『比木』という所にいます。今では福智王はそれは立派になられて、見違えるほどで、百済王に相応しいくらいの風格を備えております。すぐにでもお訪ねしたいのですが、どうしても動けない事情があるとかで、それが終わり次第お訪ねしたいとのことでした。それで、福智王から預かってまいりました銅鏡をお持ちしました」

二人は、そう言って、四枚の銅鏡を取り出し、禎嘉王の前に揃えた。

「二枚は福智王からと、後は私たちの二枚です。これは、王様が持つべきで、私たちが持つものではありません。この銅鏡を見れば見るほど圧倒されるのです」

禎嘉王は、その銅鏡を受け取りながら、一瞬、困った表情をしたが、その銅鏡に見入っていた。

「おお、まさしく私が福知王に授けた銅鏡に間違いない。しかし、話は分かったが、その後のことはまたの日にしよう。とにかく、今日は金ヶ浜と神門の今後の発展を願ってのめでたい日なのだ」

と言って、奥の宴会場へと案内した。そして、皆に引き合わせた。

「皆さん、この二人が私と共に大和の国から脱出した者たちです……よくぞ無事で生きていてくれました」

一瞬、静まり返っていた会場に、拍手が起きた。

七人衆は、その銅鏡を不思議そうに覗き込んでいた。

こうした会話を聞いていた益見太郎と浜崎は、互いに顔を見合わせて、それぞれに何か呟いていた。

そして翌朝、秘かに浜崎は益見太郎宅へ行った。

「実を申しますと、ここに来たのは、禎嘉王だけでなく、ドンタロウさんにお逢いしてお願いしたい儀があったからです。私たち金ヶ浜の者は、禎嘉王を尊敬し、お慕いし、村の長になって治めていただきたいと、以前からお願いしていたのですが、どうしてもうんと言ってもらえませんでした。その理由が神門に来てやっと分かりました。諦めます。いかに神門の民が禎嘉王を尊敬しているかが分かっただけでなく、王様が治めるのは一魚村、一山村ではないということでした。器が違うのです」

「浜崎さん、実は私もそう思っていまして、王様に神門を治めてくださいと、言いだせなかったのです」

「昨夜のあの二人の話を聞いていて、よく分かりました。禎嘉王がよく似合うのは日向国全部です。神門と金ヶ浜と比木と田野を線で結べば、結論が簡単に出ます。禎嘉王はそんな運命を持って、ここに来たのではないでしょうか？」

「そう思います。そのためには、第一段階として、最初にこの七人衆がいる神門を治めてもらうことなのですが、少し私に考えがありますので、それは私に任せていただけませんか」

「お願いします。また近く、海の幸を持って、お伺いします」

そう言って、浜崎は帰っていった。

こうした話が起きているとは、禎嘉王は知るよしもなかった。

二

楽しい時は瞬く間に過ぎゆく。

禎嘉王の前に、沙宅と答炑が別れの挨拶に来たのはそうした日々が十数日も過ぎたころであった。

「本当に楽しい毎日でした。何年ぶりでしょうか？　あっという間の十日間でした。まだまだ名残惜しいのですが、これ以上『田野』を留守にしておくことはできませんので、お暇したく、ご挨拶に上がりました」

答炑春初の言葉に、禎嘉王も目を潤ませた。

「できることなら、そなたたちを引き止めたい。そなたたち二人がここにいてくれたらどれほど心強いことかと思うが、そんなこと許されるはずもないことだとは分かってはいるのだが……いざ別れるとなると……」

　と、沙宅紹明が言った。

「王様、お願いがあります。私を側に置いていただけないでしょうか？　お許しいただけるのでしたら、ぜひに……」

「それは無理というものでしょう。妻子はどうするのですか？」

　沙宅の顔が曇った。

「いません。遭難したときは無事だったのですが、上陸するとすぐに流行病にかかってなくなり、それ以来私は天涯孤独です。ですから……」

「そんなことでしたか……苦労しましたね」

　答炑が言った。

「王様、この十数日間、この神門の活気に触れて驚くばかりでした。そして、王様には、片腕ともなる補助役がぜひとも必要だと痛感しました。『田野』の方は、私ひとりでどうにかやっていけると思います。どうか沙宅様をお側に置いていただけないでしょうか？　私からもお願いいたします」

「それで良いのですか？　そう願えるのだったら、私も嬉しいのだが……」

「沙宅様、良かったですね。私のことはどうぞご心配なく、王様にお仕えください。私は明日にでも出発いたします」

「少し待ってください。今度は私からお願いがあります」

と言って、禎嘉王は分厚い手紙を見せ、答炑春初に向き直った。

「お手数かけますが、帰り道、ぜひ『比木』に寄って、この手紙を福智王に渡してほしいのです。詳しくは手紙に書いてはいますが、全部は分からないでしょうから、答炑殿からも厳しく口添えしてほしいのです。

というのは、今後、私の身に何が起ころうと、どんな生死にかかわることが起ころうと、絶対に連絡を取り合うことはならないと、きつく言ってほしいのです。一切を禁止すると！もちろん文も駄目です。まして、この神門に来ることは絶対に許さないときつく言ってください」

「そんなきついことを私が伝えるのですか？」

「そうです。そう決心がつくまでは私も相当に悩みました。私もひとりの親なのです。身を切られるほどの辛さです。妻や子に逢いたくない親がどこにいるでしょうか？　今にも飛んでいって、抱き締めてやりたいのです。しかし、それをすれば、きっと我が一族に災いが降りかかってくる気がしてならないのです。これがまさしく百済王の末裔に生まれた者の宿命なのかもしれません」

禎嘉王は、暫し口を噤んでいたが、後を続けた。

「我々一族が集合しているのを知ったら、大和朝廷はどう思うでしょうか？　それを恐れるのです。分散していれば、もう力はなくなり、害意はなくなった、反逆の意志はないと解釈してくれるのではないかと思うのです。私は、今まで多くの権力闘争を見てきました。権力者というのは、少しでも相手が危険分子だと思ったら、容赦しないのです。誰もが想像もできないような理由を作ってでも、どんなに小さな芽であっても摘んでしまうとするのです。だから、福智王にも、妻の之伎野にも、決して表立ったことはしないように、目立たないように秘かに生きることを、答炑殿からきつく戒めておいてほしいのです。それが我々亡命者が平和に暮らせる唯一の方法なのです。何度も何度もそう言って聞かせてください。それしか生き延びる方法はないのです」

答炑も沙宅も驚いていた。二人は、もうとっくに追手の恐怖は消え、安心して生きていけるようになったと思っていたのに、権力闘争の渦中にいたことのある禎嘉王は、ここまで用心するのか、と今更ながらに思った。

だが、禎嘉王のあまりの真剣さに、二人は次の言葉が出なかった。

そして、答炑は、その禎嘉王の言葉を胸に抱きしめて、「比木」の福智王のもとへと急いだ。

三

「比木」にいる福智王への言伝てを答炑に託したことでほっとした禎嘉王は、また以前のように原野の開拓に専念した。

それが一番心の休まることであった。村人の笑顔に逢い、村人に溶け込むことだけで心が晴れた。戦を知らない、ここの村人は、何と優しい人々であろうか！

水路が出来上がり、原野の上手に一枚の田んぼが出現し、そこが水に満たされるのを見た村人たちは、また歓声を上げた。

そうなると、村人たちは、禎嘉王の提言には何の疑問を挟む余地はないと、最初禎嘉王が難事業になるかもしれないと言っていたことも忘れたかのように井手内川上流に井堰を作り始めた。

最初に小川の流れを右岸側に寄せて流し、その半分の左岸側を水なしにして、周囲の玉石を集めて井堰を作ると、最初に出来上がっていた谷川からの水路を延長して、それにつないだ。

村人の別の一班は、その井堰作業と並行して、原野の真ん中に水路を作り、両側に田んぼ用の幾つもの畦道を作って、区割りを行った。

そして、その区割りした土地から、薄の根だけを掘り起こし、水もれしないようにそこだけを固めると、一気に井堰から水を送った。他の雑草はほとんどが水に浸かると腐食して泥となり、やがては肥料となることを村人たちは知っていたからだ。

水が水路の中を勢いよく流れ、新しい田んぼを満たしていくと、また村人たちは歓声を上げた。

その歓声の中で、この田んぼは王様が作ったようなものだから「王様田」と名付けたらどうかという声が上がったが、禎嘉王がこれを強く拒否し、原野を田んぼに変えたのだから「原田地区」としようとなった。

これで一年、いや、半年もすれば、立派な田んぼになるだろう！

そうして、禎嘉王は、ドンタロウと相談すると、この原野の開拓に参加した村人たちに平等に配分した。

また、その配分が納得いくように、沙宅にその区割り図面を書いてくれるように頼んだ。

その依頼を快諾した沙宅の手配はみごとであった。禎嘉王の下書きを元に、現地を視察すると、依頼された図面をあっという間に書きあげて見せた。さすがに大友皇子の教育係を仰せつかったほどの技量の持ち主であった。こうして沙宅はすぐに禎嘉王の片腕となった。

禎嘉王は唸った。

「王様、図面はこうしてできたのですが、文字の読めない者が何人かいるとしたら、誰々の田んぼと標示しても分からないのではないでしょうか？　どうしたものかと……」

「そうですね。私もそこまでは考えが及びませんでした」

「王様、その標識を絵にしたらどうでしょうか？　二枚の絵を描いて、一枚を田んぼの土手に差して置き、もう一枚を所有者の手元に置いておけば、まず間違うことはないと思います。その絵は、例えば動物や花や昆虫などでしたらどうでしょうか？」

「いや、それは面白い。早速取りかかってもらいしょう。その前に、皆を集めて、自分の好きな絵の希望を聞いてみてはどうでしょうか？」

そう言って村人たちが集められると、それぞれが希望を述べ始めた。

「俺は猪の絵がいい！」

「俺は牛がいい！」

「俺は馬がいい！」

「わしはトカゲがいい！」

「わしはカエルがいい！」

「俺はトンボがいい！」

「俺は椿の花がいい！」

そんな声が上がるたびに、どっと笑いと拍手が起きた。

「これが戦を知らない人たちの自然な姿なんだよな……」

禎嘉王の瞳が潤み、その独り言に、沙宅も思わず顔を見合わせて、深く頷き合った。

村人たちは沙宅の描く筆の運びに見惚れていた。

だが、それよりも彼らに連れられてきていた子どもたちが一層その澄んだ目を輝かせてその絵に見入っていた。

息を飲むようにして、見つめている子どもたちをじっと見ていた禎嘉王がいった。

「みんなも覚えたいのかい？」

子どもたちが一斉にこっくりと頷いた。そして、一層瞳を輝かせた。

「沙宅殿、提案だけど、ここを子どもたちの手習い所にしたらどうだろうか？　文字を覚えることで、この子どもたちがこの神門の発展のために大いに役立ってくれるのではないだろうか？」

「はい、王様がよければ何の異存もございません。喜んでお手伝いさせていただきます。そうなると、やがてはこの子どもたちがこの神門を背負っていくようになるかもしれません」

「いいえ、それが、本当のことを言いますと、沙宅殿を息子の華智王の教育にと考えていたのですが、それだけではもったいないと思い直したのです。大勢の子どもを育てることが、この村のためになることです。ぜひ、この子たちに読み書きを教えてやってください」

　こうして集まった汚れなき瞳の子どもたちは十七人に達した。将来、この子どもたちが成人した暁には、この神門郷のためにどれほど役立つことになるのだろうか、と思うと、その子どもたちの邪気のない顔に、禎嘉王は思わず目を細めた。

　だが、困ったことに、それだけでは済まなくなっていた。子どもたちの手習い所だけではなく、何かあれば村人たちの相談の場にもなって、その屋敷だけでは狭過ぎてどうにもならなくなっていたのだ。

　それに加えて、その屋敷前の庭は山の幸、海の幸の集積所兼取引所となっていた。

　それを見かねた益見太郎（ドンタロウ）は、どうにかしようと、村人たちにはかり、屋敷と裏続きの土地に、禎嘉王に相応しくと、大きな屋敷を建てた。

　だが、どんなに勧めてみても、禎嘉王はその屋敷には入ろうとはしなかった。

　ほとほと困り果てたドンタロウは、七人衆の中の海野と宮脇を呼んだ。

「二人とも存じているだろうが、禎嘉王はどうしても新屋敷には住みたくないと言うのだ。今の住まいのままで十分だと言って動こうとしない。それでは困るんだ。最早、この神門は、禎嘉王を中心にして回っているのだ。到底、私の及ぶところではないのだ。今からの神門は、禎嘉王なくしては、統制が取れないのではないのか……だからこそ禎嘉王には新屋敷に住んでもらわないといけないのだ」

　ドンタロウがそう言うと、海野が言った。

「それでいいのですか？　今日までこの神門に平和と繁栄をもたらし、この郷土を守りぬいてくれたのはドンタロウさんと誰もが思っているのです。それを譲るということは大変なことです。よろしいのですか。それに、村の衆がそれを許すでしょうか？」

「村の衆には分かるように私が説明する……二人とも分かっていると思うが、器が違うんだよ。私とは比較にならないほど器が大きいのだ」

「そうかもしれませんが、それでも村の衆は、やはり禎嘉王は他国から来た方であって、あくまでこの村はドンタロウさんによって保たれてきたと思っているのです」

「そうです。私もそう思います。やはりドンタロウさんあっての神門です」

　宮脇が口を挟んだ。

「そうです。私もそう思います。やはりドンタロウさんがいての神門です」

「ありがとう。村の衆の気持ちはありがたく貰っておく。しかし、どう考えても器が違うのだ。私は今だかつてこれほどの無心な方を見たことがない。自分を無にして、この神門のために一心に尽くしている。それも自然にだ。生まれたときから身に付いている天性というものではないだろうか。私と比較すること自体がおこがましいのだ」

益見太郎は二人の顔をじっと見つめて、後を続けた。

「いいですか。目の前に自分より人格、品格の優れた人が現れたら、その方にすべてを譲らなければならないと、私は常日頃から思っていました。その点からして、能力的にも私など足元にも及びません。そのときが来たのです。決して私はそれほど心の狭い男ではないつもりです。最早、禎嘉王はこの村の発展のためにはなくてはならない存在なのだ。指導者はひとりでなければならないのだ。だから、この神門が禎嘉王を中心として回るように私が一歩退くのだ」

益見太郎の変わりようのない強い意志を感じた二人は互いに顔を見合わせて頷きあった。

「分かりました。そこまで考えているのでしたら、私たちがもう一度禎嘉王に当たってみましょうか？」

「うん、そうしてくれ」

そう言って、ドンタロウとの会話を終わった海野と宮脇は、その足で禎嘉王の屋敷へと向かった。

「王様、王様の気持ちは、ドンタロウさんから聞いてまいりました。どうして新屋敷に移っていただけないのかと、本当に困っています。何か気に召さないことでもあるのか、それともドンタロウさんには言えない特別な理由でもあるのではないか、聞いてきてくれないかとのことですが、いかがでしょうか？」

屋敷に上がると、挨拶もそこそこに、すぐに海野がそう切り出すと、宮脇も口を揃えた。

「本当に困っております。私たちにできることでしたら、何でもおっしゃってください」

禎嘉王は、二人の顔をじっと見ていたが、二人に向かって深々と頭を下げた。

「決して不足など、まして不満など微塵もありません。皆さんに誤解を与えてしまったことは本当に申し訳ありませんでした。今、私には、この屋敷でももったいないことだと思っています。それなのに、新屋敷に住まわせてもらうなどとてもできません。あの新屋敷には、私ではなく、益見さんが住むべきなのです。私はこの屋敷で十分過ぎるほどなのです。私が住んだら、罰が当たります」

暫らくの間、二人は禎嘉王の言葉を噛みしめていたが、宮脇が口を開いた。

「お気持ちはよく分かりました。王様のそのお気持ちを聞いたら、ドンタロウさんはどれほど喜ぶことかしれません。それだけで十分なのです。しかし、それでいいのでしょうか。王様には、今後ともこの神門を守っていていただきたいと、村の衆は願っているのです。金ケ浜の浜崎さんとの交流のこともあります。その海の幸だけでなく、他の山村からの産物の集積場になって、手狭になっているはずです。その管理体制も作らねばなりません。ですから、この屋敷には沙宅様に住んでいただいて、子どもたちの教習所として活用していただけたら、村人たちがどんなに喜ぶことかしれません。どうかその点を考慮(こうりょ)していただけないでしょうか？　そうしていただければ、背後にドンタロウさんと我々七人衆の屋敷があることで、王様を守っていけるとのドンタロウさんの意向でございます。どうかその気持ちを酌(く)んでいただいて、ぜひ、聞き届けてください」

「私たちだけでなく、村民全部の総意でもあるのです。お願いいたします」

二人の言葉に、禎嘉王が折れた。この神門郷の村民の気持ちに、思わず涙ぐんでいた。

「ありがとうございます。ドンタロウさんにはよくよくお伝えください。これ以上、ドンタロウさんに迷惑をかけるわけにはいけません。お受けしますとお伝えください」

何という優しさであろうか！

禎嘉王には、この神門郷の人々の温かさが身に染(し)みるようであった。

こうして、その屋敷に移り住んだ禎嘉王を見て、誰もが、

〈やはりこの禎嘉王は日向国(ひむかのくに)が似合うお人だ！〉

と思った。

十五、追討軍現る

一

神門郷は栄えた。

九州山脈の奥地に、忽然とひとつの都市が生まれた観であった。活気に満ち、道行く人の顔はいつも晴れ晴れとしていた。戦いを知らない平和な村であった。

今では、金ケ浜だけでなく、他の漁村からも、海の幸を持った商人が来るようになり、来れば必ず禎嘉王に挨拶をするようになった。

農産物を持くるのは地元の者だけではなく、近隣の村で鬼神野や渡川だけでなく、遠くは椎葉や諸塚からも背中いっぱいに背負い、幾重もの峠を越えてくるようになり、海の幸と交換しては帰っていくのだった。

そして、その帰り際(ぎわ)には、農村だけでなく、漁村の訪問者も、決まって禎嘉王の下(もと)にお礼として産物の一部を置いていくようになり、やがてその量が膨らんでくると、屋敷(やしき)内だけでは保管できなくなり、庭に二棟の倉庫を建て、山と海の産物に分けて保管するようになった。

そして、禎嘉王の作った池や水路や田んぼを見て、その素晴らしさを、郷土に帰るたびに誰彼となく伝えては、禎嘉王をたたえ、その工法(こうほう)に倣(なら)って、村里の開拓をするようになった。

そうなると、神門の繁栄に引かれてどこからともなく、陶芸(とうげい)、鍛冶(かじ)、機織(はたおり)、大工などの職人が集まるようになり、神門郷を色取った。

益見(ますみ)太郎（ドンタロウ）は眼を見張った。

最早(もはや)、一山村ではなかった。山奥にひとつの小さい国家が出来上がったようにすら見えた。道行く人の中には、村民ではない、見知らぬ人の姿が多く見られるようになっていた。

今まで経験したことのない現実が現れたのだ。身が引き締まった。

〈何か面倒なことが起きる前に、何らかの手を打っておかなければならないのではないだろうか？　このままではいけないのでは？〉

そう思ったドンタロウは、即刻七人衆を呼び集めた。

「皆も気が付いておるだろうが、この神門の繁栄を見ていると、今までのように漫然(まんぜん)とはしていられない気がしてならないのだ。それで今日からは我々の役割分担をはっきり決めておいて、禎嘉王を中心とした態勢作りをしなければならないと思い、集まってもらったのだ。皆はどう思う？」

「確かにそれは感じておりました。何の異存もございません。我々はあくまでドンタロウさんに付いていくだけです」

海野（うみの）の言葉に、宮脇（みやわき）が言った。

「本当にこのころは知らない顔が目立つようになりました。ないとは思いますが、事件の起きない前に用心することはいいのかもしれません」

「我々はすべてドンタロウさんの指図どおりに動きます。よろしくお願いします」

すぐに後の五人も頷（うなず）いていた。

「では、私なりに考えたことを発表するので、それに従ってもらいたいのだが……」

「我々は、ドンタロウさんあっての七人衆です。何の不服がありましょう。よろしくお願いします」

「ありがとう。では、独断専行なので、よろしく頼みます」

そう言って、一息（ひといき）深く吸うと、一気に話し始めた。

「まず小路（こうじ）殿は、禎嘉王の名前の付いた皇地池（こうじいけ）と小路前田の管理。村田殿は、村田池と西の前田の管理。宮脇殿は、井手内川（いでのうちがわ）とそれに関連した原野（げんや）を変えた田んぼの管理、およびこの神門への侵入者の監視をお願いします。海野殿は才がたけているので、神社広場における集積物の管理。中邑殿は軍事面を担当してもらい、私と一緒に禎嘉王の警護に当たります。中戸殿は以前と変わらず、鬼神野の管理。桑原殿は渡川地区の管理を担当する。いかがでしょうか」

「異論はございませんが、農業以外の産業についてはどなたが担当するのですか？」

海野がすかさず言った。

「あっ、それを忘れていた。それは、禎嘉王の指図の下に、皆に協力してもらいます。こう決めても、後から後から問題が起きてくるでしょうが、そのときは禎嘉王か私に相談してください。今後、想像できないようなことが起きるかもしれませんが、我々八人がひとつになって、禎嘉王を守り、また一緒になってそれに当たれば、何事も解決します。そうと決まったら、明日からはこの配置でやっていこう。もちろん禎嘉王に何事か起こりそうになったら、何をさておいても駆け付け、八人全員でお守りするのだ。よろしく頼むぞ」

禎嘉王は、この繁栄を目にするたびにどうにかしなければと思う。だが、いい思案の浮かばないまま月日が経って、その混乱は激しくなる一方だった。それを見かねた禎嘉王は、海野と打ち合わせると、遂に思い切って、四月、八月、十二月の十五日の日を『神門市』と決めた。

そうすると、今まで個人個人がばらばらに運んできていた産物を、この日を目標にして、各漁村や山村が集落ごとに運び込むようになった。

この十五日が特別な日となると、ますます他人(ひと)の出入りが繁(しげ)くなり、取引も盛んになった。

禎嘉王は、その繁栄の模様を見るたびに、目を細めた。心が晴れた。

〈ああ、私の務めもこれで終わった。後はドンタロウさんと七人衆に任(まか)せておけばいいだろう。それに子どもたちの学習は沙宅(さたく)殿がやってくれる。これですべてうまくいくようになる〉

そう思った禎嘉王は、妃(きさき)の周姫を誘(さそ)った。

「周姫、散歩に行かないか？」

ある晴れた春の日のことであった。桜は散っていた。

周姫は、驚きのあまり、瞬間、ぽかんとして禎嘉王の横顔を見ていたが、急に眼を輝かせた。

「ありがとうございます。喜んでお伴いたします」

そう言うと、周姫はすぐに従った。散歩の理由は訊(き)かなかった。

二人は、小路前田と村田前田に挟(はさ)まれた農道を、小丸川(おまるがわ)に向かって歩いた。静かな中に、横を流れる溝から微かな水音が響いてきた。村人の姿はなかった。

「周姫、もう少し側に寄らないか」

「勿体のうございます。私はこのままで……」

「誰も見てはおらぬ。話がよく聞こえないではないか」

「はい……」

周姫が間近に来ると、禎嘉王はゆっくりと足を進めた。

何も言わなかった。

緑に覆われた農道を暫らく歩くと、瀬音が聞こえ、小丸川に出た。

禎嘉王は、黙って小丸川の堤に腰を下ろした。

周姫も黙って横に座った。

少し水嵩の減った小丸川が、春の瀬音を響かせて、目の前を流れていく。その対岸に見える雑木と青竹の中から小鳥のさえずりが聞こえてくる。

空は真っ青であった。

「周姫、静かだな……こんな世界が世の中にあったんだよ。山には若葉がきらきらと光り、小丸川の瀬音の中に小鳥たちの絶えまないさえずりがあり、それらすべてが紺碧の空の中に輝いている……まるでそれが永遠に続くかのように……私は生まれて初めて知った。いや、初めて味わった風景なのだ」

そう言った禎嘉王の頬を涙が伝わっていた。

「王様……」

「そなたの前だけだ。こんな涙を見せられるのは、そなたしかいないからな……それにしても、ここに住むようになって、私も涙脆くなったなあ、許せよ」

「王様……勿体のうございます」

「私はこの年齢になって初めて、こんな景色が世の中にあったことに気付かされたような気がする。こんなに静かで、清らかで、澄み渡った景色が、私を包んでいたなんて……」

禎嘉王は深い息を吐いた。

「私は、百済から飛鳥に亡命するとすぐに難波に行かなければならなかった。そこはどこもがいつも権力闘争の場であった。そんな修羅場にいると、どんなにきれいな景色に包まれていようと、誰も気付きもしないのだ。そんな感情を持ったら最後、殺されるからだ。いつもいつも細心の注意を払って、辺りを警戒して生きなければ、生きてこれなかった」

禎嘉王は、小丸川の流れを見詰めながら、周姫の方を見ようともしないで、まるで取りつかれたように語った。

「それから私は、難波での将軍の座を捨て、飛鳥からこの日向国への脱出を図ったのだ。そうして漸く辿り着いたのがこの神門郷だった」

「王様、本当に御苦労さまでした」

「いや、違うのだ。苦労かけたのはそなたたちであって、すまなく思っている。私は少しの苦労もしていない。どこへ行こうと、私はいつも誰かに助けられた。私なんか何の力もないのだ。行き詰まるたびに、手を差し伸べられ、助けられてきたのだ。そして、漸く辿り着いたこの神門郷でこれほど大事にされている……私のような幸せな者がいるだろうか？　亡命者であった私を何のためらいもなく、優しく迎え入れてくれた神門郷の人々の心の広さに、私は空恐ろしいくらいだ」

　周姫は黙っていた。ただしっくりと聞いた。

「五年間、待ったかいがあったなあ……この五年間というもの、追討軍の来るのを恐れ、目立たないように生きてきた。しかし、もう安心だ。周姫よ、これを平和というのだ。この静けさが本当の平和の象徴なのだ。武器はなくとも、誰もが幸せになれるのだ。戦のない、なごやかな国づくり──私の理想の郷がここに出来上がろうとしているのだ！」

　禎嘉王は、周姫の手を握りしめた。

「そなたたちも、今から心安らかな生活ができることだろう。周姫よ、もう私は何もいらない。この青空と自然があれば、何もいらないのだ。今からは、私をこんな気持ちに作ってくれた神門郷のために本当に一生懸命に働きたいと思っているのだ。いや、少しでも恩返しできることがあったら、私はもっと幸せになるのだ……」

周姫は、やはり黙って聞いていた。頷くだけであった。

そんな静けさの中で、小丸川は、不変の瀬音を響かせ、いつまでも流れていた。

二

禎嘉王が束の間の平和に浸っていたころ、飛鳥の大和朝廷での天武天皇（大海人皇子）は、『古事記』の構想に取り組んでいた。壬申の乱ですべての権力を手に入れたとはいえ、人民の信頼を得るには何らかの尊敬に値する実績が必要であった。そのためには、朝鮮半島における百済、任那での大和朝廷との歴史的な関係を一切抹殺し、天皇家を神聖化することであった。

九州山脈の中央に位置する秘境「高千穂峡」を天孫降臨の地とし、そこを出発した祖先が大和の国に住むようになった。そのような構想にしようとしたとき、天武天皇の脳裏に浮かんだのは日向国に逃げた禎嘉王の顔であった。

〈兄、天智天皇から信頼され、かわいがられ、大和朝廷の歴史の隅々まで知っている禎嘉王

が生きているかぎり、この『古事記』の編纂は絵空事になってしまう。どうにかしなければ、永久に神話は生まれないのだ！〉

と、思案に暮れていたときであった。

「禎嘉王、謀反！」

という言葉が天武天皇の耳に飛び込んできた。閃くものがあった。

「そうだ！　謀反だ！　謀反を企む者は絶対に許してはならないのだ。ただちに穂積将軍を呼べ！」

神門郷が繁栄すればするほど、その噂は日向国一国に止まらなかった。噂は噂を呼び、誇大化され、大和朝廷の耳に入ったときは、禎嘉王の謀反と伝えられていた。

一度権力者から追われた経験のある者が、次に権力者の座に付いたときから、謀反に対しては異常なほど敏感になるものだ。

かつて難波で、禎嘉王が『唐・新羅防衛将軍』であったとき、その副将軍であった穂積が今ではその将軍になっており、その噂が耳に入ると、急に大和朝廷に呼び出された。

「私は、藤原鎌足と共に禎嘉王も許すつもりでいた。特に鎌足は、私の生命の恩人だからだ。

琵琶湖の宴席で私を救ってくれたのだ。あの場に鎌足がいなかったら、今の私の生命はなかったのだ。だから、今後、私は藤原一族を重用する。それに引き換え、禎嘉王はどうだ！　私は許してもいいと思っていたのに、またも裏切りおった。渡来人の分際で、逃げ延びたばかりか、今になっても、まだこの大和朝廷に弓を引こうとしているではないか。今度は絶対に許さないぞ！」

大海人皇子が天武天皇になってからの命令は実に厳しかった。穂積将軍に一言も言わせなかった。

「あのとき、そなたが禎嘉王を逃がさなければ、こんな事態にはならなかったのだ。今では日向国を支配し、すぐにでも大和に向かって攻め上がってくる気配だというではないか！　難波防衛のことは他の者に任せ、ただちに日向国へ行き、禎嘉王の首級を取ってまいれ。絶対にだ！　いいか、それまでは大和への帰国はまかりならぬ！」

穂積は、「あのお方は、そんな謀反を起こすような御方ではありません」と言いたかったが、いかなる意見を挟むことも許されなかった。

かつては自分の上将であり、人生の師であった。恩こそあれ、恨みひとつないのに、その禎嘉王を討たなければならないとは何と残酷なことであろうか！

だが、今では部下を持ち、家族を持つ彼には、どんな言い逃れもできなかった。

逆らえば、すなわちそれは自分だけでなく一族郎党の死を意味した。

それが権力者からの命令なのだ！

三

「王様、大変です！　大和朝廷から追討令が発せられたとのことです！」

そう叫ぶように禎嘉王の下に駆け込んできたのは、金ケ浜の浜崎であった。

禎嘉王の顔色が変わった。

〈しまった！　油断していた。もう追手は来ないと安心し切って……この平和の中で、いつの間にか安逸を……五年の歳月が過ぎたことで、すっかり忘れて……もっと用心しなければならなかったのに……世の中からはもう戦はなくなってしまっているかのように……この神門郷の、いや、日向国の平和の中で忘れてしまっていたのだ……今更悔いても仕方ない。どうあろうと、私はこの神門郷の民を守らなければならないのだ！〉

急に神門郷が騒然となった。

かつて経験したことのない事態が起きたのだ！

ただちに益見太郎（ドンタロウ）の指令の下に七人衆が集められた。

その席で禎嘉王が深々と頭を下げた。

「申し訳ない！　神門の方々には関係ないのに、私のことでこんな事態を招き、どうしたらいいのか……これ以上皆さんにはご迷惑はかけられない。私の生命だけで済むのだったら、私の首を差し出したい」

禎嘉王の悲痛な言葉に、ドンタロウが答えた。

「とんでもありません。今ではもう王様は立派な神門の長なのです。いいえ、なくてはならないお人なのです。他所者ではありません。しかも、今だかつてないほどこの神門のために知恵を絞り、汗を流して、この村をどこよりも豊かにしていただいた大事なお方なのです。そんなお方を見殺しにしては、この神門の民は世間からどんなそしりを受けるかしれません。そんな悲しいことは二度と言わないでください」

「そうです。王様は、この神門を立派な村に作り上げてくれたお方です。何としても、我々は王様を守ります」

そんな言葉が七人衆から出ると、同席していた浜崎も言った。

「そうですとも、王様の知恵は、この神門だけでなく、この日向国にはなくてはならないものです。我々浜の者もお手伝いできることがあれば、何なと申しつけください」

禎嘉王は次の言葉がなかった。

そうした会話があってからは、禎嘉王を囲んで、毎日、軍議がなされた。

とにかく、真っ先に武器を作ることから始めなければならないのだ。

軍議が終わると、ただちに全村に通達がなされ、男だけでなく、女もかりだされて、山から竹を取り、弓矢を作り、槍(やり)を作った。幸いに村には鍛冶(かじ)屋がいたことから、矢尻、槍の刃先が作られた。

それからというもの、毎日のように情報が流れ込んできた。

神門郷はますます騒然となってきた。

「追討軍は、日向国に入(はい)りましたが、敵対するものがいないかと特別慎重になっていて、侵攻速度は一段とゆっくりとなっているようです」

「いいことだ。できるだけゆっくり来てくれる方が、こちらも備えが作れるから、好都合なのだ」

「敵は、三千とも、四千とも言っていますが、本当のところは分かりません。途中で他(ほか)の豪族にも声をかけて、その数を増やしているようです」

「敵は四千、こちらは三百、多くなっても五百ぐらいしか集められません。これでどんな戦をするのでしょうか?」

そんな質問が出ても、誰ひとり答える者はなかった。

　すると、禎嘉王が言った。

「この神門にだけは侵攻させてはならないのです。あの『小又吐（こまたばき）』から先、攻め込まれたらまず勝ち目はないのです。ドンタロウさん、小又吐からこっちに入られたら、多勢（たぜい）に無勢（ぶぜい）でどうしようもできません。だから、その先で食い止めるには……現地へ行って見たいのですが……そこの地形を見れば、何らかの作戦が思い浮かぶかもしれません」

　ドンタロウの目が次第に険（けわ）しくなってきた。

「行きましょう。お供します」

　二人の後から、七人衆も、浜崎も同行した。

　あれほど温和であった禎嘉王の足取りが急に軍人の足取りになった。心に軍神が宿ったかに見えた。顔は引き締まり、さすがに、以前、将軍と名乗っていたころを彷彿（ほうふつ）とさせた。

　小又吐を過ぎ、やがて道は狭く、険しい難所にかかった。左側は山がそそり立ち、右手は断崖絶壁となって、その眼下には小丸川（おまるがわ）の急流がゴウゴウと唸（うな）っていた。

　そこを過ぎると、またひとつ鎌谷（かまや）の峠の難所があった。

　禎嘉王は、その峠まで行ったが、すぐに踵（きびす）を返すと、先ほど通った難所の山に分け入り、そこをかき分け、よじ登り始めた。

　顔は雑木の枝に引っ掻（か）かれ、樹木の間を通り抜けるのがやっとであった。

暫らく登ると、小さな平地に出た。そこは雑木と茅に覆われていた。

左手を覗くと、真下に小丸川の急流が小さく見え、その絶壁の途中に、蛇が這っているような道が見えた。他は巨木と雑木と葛が生い茂る鬱蒼たる山脈が続いていた。

その地形を見た禎嘉王は、思わずはたと膝を叩いた。すぐに神門の全景が脳裏に浮かんだ。

〈まさしく神門郷そのものが城であり、砦であり、鉄壁の要塞であったのだ。この村はどの家にも掘も壁もないことが不思議であったが、必要なかったのだ。この神門盆地を囲んでいる山々がすべて要塞なのだ〉

　禎嘉王は何度もひとり頷いていた。

「ドンタロウさん、ここは何という所ですか？」

「ここは『伊佐賀』と言います」

「ここにしましょう。ここだったら、相手が五千の敵でも戦えます」

「ここでどうして戦うのですか？」

「神門へ通じる道は、あの絶壁の中腹に見えるあの一本道しかありません。となれば、どれほどの大軍であろうと、二人ずつ並んでしか進めないのです。相手は少人数を繰り出してしか、我ら三百の兵と戦うことはできないのです。大軍で押し寄せられないのです。ここに砦を築いて、待つだけで、我らの勝利は間違いありません」

初めて聞く禎嘉王の大言壮語(たいげんそうご)であった。興奮した顔であった。

ドンタロウは目を見張った。しかし、今まで禎嘉王は間違ったことは一度も言ったことはなかったではないか、と思った。

「分かりました。早速取りかかります」

ドンタロウはそう言うと、七人衆にその手配を命じた。

浜崎は急ぎその場から帰っていった。

十六、禎嘉王死す

一

金ケ浜の浜崎から「追討軍が日向国に入ったとのことです」と一報が入ってから二カ月が過ぎたころであった。

大和朝廷の命令を受けた討伐軍が「坪谷」に到着した。その数四千とも、五千とも言われたが、それはまるで坪谷地区を埋め尽くすかと思えるほどであった。広場と名の付く所はすべて没収され、駐屯地となった。

それを見た坪谷集落の民は、たとえどれほど禎嘉王に心を寄せていたとはいえ、大和朝廷の追討令を見せられると、何の抵抗もなく従った。

坪谷村の民は震え上がり、ただ怯えるだけで、じっと縮み上がっていた。

これほどの軍勢が押し寄せたとき、神門はどうなるのだろうか？

と、皆殺しに合った場面を想像して、秘かに話し合うのが、彼らには精いっぱいの思いやりであった。

だが、追討軍の穂積将軍は動かなかった。どれほどの犠牲を払えば勝利が得られるのか見当がつかなかった。

相手は禎嘉王なのだ！

かつては自分の上将であり、いや、人生の師であった禎嘉王を相手にしてどう戦えばいいのか？

戦とは何か、どう戦えば最小限に民を傷付けずに済まされるのか、作戦の真髄までを叩きこまれた自分はどう戦えばいいのか、ずっと迷ってきたからであった。

――私情を捨てる――

そんなことは分かっている。分かっているがゆえに、禎嘉王の深謀遠慮を考えると、到底勝てる相手ではない。

しかし、大和朝廷の命令は絶対なのだ！

穂積将軍は、真っ先に地形を見ようと、自ら視察に出向いた。

最初の難所は鎌谷の峠であった。ここを越えるのに大軍ではかえって足手纏いになる。仮にそこを越えたとしても、その先には駐屯できる平地もない。

そして、その目の前には伊佐賀の山が聳え、すでに相手の砦が築かれている。

穂積将軍は唸った。

〈隙がない！　しかし、ここを突破しなければ、禎嘉王がこの砦を死守するかぎりは到底本拠地には辿り着けないのだ。道は一本しかない！〉

一カ月を調査と作戦に費やしたが、決定的な結論は見つからなかった。後は数を頼りにするしかなかった。

穂積将軍は決断した。

千五百の兵に鎌谷の峠を越させると、その狭い平地に集結させた。

この伊佐賀砦を攻略するには、最初に千の兵に鬨の声を上げさせ、その隙に、五百の兵に伊佐賀の絶壁の狭い道を突破させ、背後に回らせ、その背後からと一緒になって砦を攻め落とせばいいのだ。と心に決めると、岩井副将軍に五百の兵を持たせて、夜明けと同時に突入させた。

千の鬨の声が伊佐賀の山を震わせた。

砦からの反応はない。

五百の兵は二列の隊になって、やっとの思いで神門郷への狭い道を進んだ。

足元には、小丸川の急流が渦を巻いて流れている。

「おい、敵は気付いてないぞ」

「そうだ。このまま行けば、簡単に突破できて、裏側へ回れるぞ」

隊列は静かに進んだ。

そして、漸く伊佐賀の裏が近くなって、砦への登り口が見えたときであった。突然、隊の頭上に大木と岩石がけたたましい音とともに降ってきた。

「退け！　退くのだ！」

「下がるのだ！」

あっという間もなかった。叫び声は空しく小丸川の流れに消えた。

阿鼻叫喚――惨たる死骸が大木と岩石の下になった。逃れた者は、小丸川の急流に飲み込まれていった。

そして、先頭を行く何人かの兵は捕虜となった。

穂積将軍の心に、ある怒りの炎が燃え上がった。

〈このままでは兵を失うだけだ。早くあの砦を落とさなければ、犠牲は膨らむばかりだ。兵が戦意を失う前に、どうにかしなければ……〉

そう思った将軍は、今度は正面から兵を進め、獣道を開く作戦と同時に、一度苦い目にあった小丸川絶壁に五百の兵をもう一度挑ませた。

だが、敵はとっくにそんなことは見抜いていたのだ。

結果は惨憺たるものであった。

穂積将軍は、全軍に退却命令を出すと、坪谷本陣に引き上げた。

二

いくら考えても攻略法が見つからなかった。

穂積将軍は思いに耽った。

伊佐賀山全部を囲むこともできず、正面の大木の交じった立木を切ることもできなかった。それかといって、あの神門郷へ通じる一本道は到底突破できるものではなかった。万策尽きるとはこのことか！

空しい日が十日、十五日と過ぎていく。こういうときは、じっくりと思案を巡らすことだと、禎嘉王に教わったことを思い出した。

と、岩井副将軍が言った。

「穂積将軍、私に十日の余裕と、百の兵をお貸しいただけませんか？　最初の戦いで、私は部下のことごとくを失いました。口惜しくて、口惜しくてなりません。部下の敵を取りたいのです。もし失敗したら、私の生命を差し出します」

　岩井の必死の形相であった。

「そなたの覚悟のほどは分かった。どんな作戦なのか聞こう」

「はい、この戦は正面からだけでは、何度挑んでも犠牲が大きくなるだけではないでしょうか？」

「分かっておる。だから思案しているのだ。それで？」

「はい、これは裏に回り、不意打ちをかければ、落ちるのではないでしょうか？　私が一度ここから東に下りまして、耳川沿いに上り、伊佐賀の裏手に出られる道を探します。成功すれば、あの難攻不落の伊佐賀砦でもきっと落とせると確信しています」

「そんな道があるだろうか？　そう言っても、万策尽きているのが現状だ。そなたがそこまで言うのなら、いいだろう。そなたに任せよう。それで、その道が見つかったときの合図は？」

「はい、その裏道を探し当てましたら、七日以内に、ここ坪谷から見える所で一本の狼煙を上げます。それが見えましたら、伊佐賀まで出陣してください。そして、次に二本の狼煙が上がりましたら、次の日の早朝、私が急襲する合図ですので、鬨の声を上げ、攻め上ってください。そうすれば、必ず……」

岩井副将軍は勇み立っていた。

「つきましては、追討軍の証となるものがありましたら、お借りできないでしょうか？」

「そうだ。私が大和朝廷から拝領した太刀を持ってまいれ。成功を祈るぞ」

「はっ！　行ってまいります」

そう言って、岩井副将軍は、急ぎ坪谷から一度東に下り、耳川に出ると、相当遠回りになるが、上流の「田代」へと向かった。そして、そこをまた左に折れて、遂に「小原」に着いた。五日目のことであった。

岩井副将軍は、すぐに小原村の長である板倉に迎えられた。岩井は、穂積将軍から渡された太刀を、これは将軍からですと言って、板倉の前に置いた。

「板倉殿、将軍は伊佐賀で困っているのだ。それで私をここに遣わした。坪谷からのあの一本道では攻めようがない。伊佐賀砦は墜ちないのだ。伊佐賀への裏道が見つかれば、戦局の打開策が見つかるのではないかと、命令を受けて、こうして私が来たのだ。そんな道はないだろうか？」

板倉の表情が曇った。もしその道を教えれば、隣村の民を裏切ることになりかねないからであった。

〈悪くすると、自分の代だけでなく、次の代、その次の代、いや、末代までも、神門郷の民の恨みを買うことになるのでは……〉

そんな不安が横切ったが、

〈しかし、岩井副将軍がここまで来たとなれば、自分が教えなくとも、遅かれ早かれ探り当てるに違いない。そうであるなら、一層のこと私ひとりが悪者になれば済むことだ〉

と考え直した板倉は、すぐに何食わぬ顔を作った。

「事情はよく分かりました。岨道であるのはありますが、果たしていけるかどうか？」

「おお、あったか！　構わぬ、教えてくれ！」

「おやすいご用です」

と、板倉は快く承諾すると、伊佐賀砦への案内を自分から買って出た。

板倉は軽々と歩いた。獣道であった。

雑木の枝が何度も顔を叩いたが、岩井副将軍は二人の部下を従え、板倉の後から登った。

何ということだ！　いとも簡単に、一時足らずで、伊佐賀砦の裏に出たではないか！

樹木の影に隠れて見ると、砦の兵はのんびりとしていた。

岩井副将軍は、気付かれないようにすぐにそこを離れて、下り降りると、狼煙を上げた。

するど、それを待っていたかのように、鎌谷峠の方から狼煙が上がった。

その狼煙を伊佐賀砦の下で待ち受けていた穂積将軍は、ただちに全軍に出動命令を出し、鎌谷峠を一気に越えた。

夕方、二本の狼煙が上がった。

全員に、明朝戦闘開始する、と告げた。

三

霧が深かった。

岩井副将軍の率（ひき）いる兵が、伊佐賀砦（いさかとりで）に辿（たど）り着いた。

砦の者はまだ誰も気付いてない。

「かかれ！」

「おお！」

砦の下の方から鬨（とき）の声が上がると同時に、砦の裏に潜（ひそ）んでいた追討軍（ついとうぐん）が襲いかかった。

何の抵抗もなかった。

まして、にわか作りの、貧弱な装備しか持たない、軍事訓練もされたことのない兵が、急襲を受けて、どれほど戦えるというのだろうか！

戦いは、追討軍百人の思いのままであった。

殺戮につぐ殺戮であった。

混乱の中、華智王（次男）の声が響いた。

「王様！　早くお逃げください。私が敵を食い止めている間に、早く逃げてください！」

しかし、その声も混乱の中に消えただけであった。

その後の華智王の姿を見た者はひとりもいなかった。その戦死を誰も知らないほどの混乱であった。

伊佐賀砦は、血で真っ赤に染まった。

「王様！　お逃げください！　このまま戦っても犬死にです。一度退却して、陣を立て直してください」

ドンタロウと七人衆に抱き止められて、禎嘉王は砦を下った。

そして、小又吐を走り、一気に名木まで引くと、そこで原野一面に火を放ち、その間に陣を整えた。

一方、小又吐を越えた追討軍は、まるでその原野を埋め尽くすほどの軍勢で溢れた。それは、隊の整わないうちなのに、まるで黒い津波にも見えた。

誰もが覚悟を決めた。

と、そのときであった。急に禎嘉王の下に沙宅が現れた。

「王様、福智王（長男）が『比木』から駆け付け『鬼神野』まで来ており、『自分が来たからにはどうぞ御安心ください。共に戦って、目にものを』と参っております」

禎嘉王の顔に怒りの表情が現れた。

「あれほど来るな、と厳しく申し付けておいたのに、沙宅殿、至急引き返して、『父は死んだ。決して来ることはならん。すぐに比木へ帰れ、王の命令だ！』と言って、追い返してくださ い。沙宅殿、私の乗馬を使ってでも、一刻も早く行って、説き伏せてください。頼みます」

「かしこまりました」

沙宅は、すぐに馬に飛び乗ると、鞭を一当て、鬼神野に向かって、疾駆した。

〈福智王は、渡川を出て鬼神野に向かい、そこから戦場に向かうはずだ。その場所に間に合えばいいが……〉

と沙宅は祈った。

鬼神野に飛び込んだ。間に合った！

福智王の率いる一隊がちょうど鬼神野を出ろうとするところであった。

「暫らく！　暫らくお待ちください！」

沙宅は馬から飛び降りると、福智王の馬の轡を摑んだ。

馬がいななき、足を上げ、踊った。

「どうしたのだ！　何事だ！」

福智王の凛とした声が響いた。何と逞しく成長したことか！

「王様からの厳命です。戦場へ来ることはまかりならない、とのお言葉です。このまま『比木』へお帰りください。それが王様からの厳命なのです」

福智王は馬から飛び降りると、沙宅に詰め寄った。

「王様が、いや、父上が苦戦しているというのに、その息子が一緒に戦わなくて何とするのだ！　これほどの親不孝がどこにあるのだ。たとえ、王様の命令であろうと、共に戦うのが息子ではないのか。本当の忠臣とは、その王様のために、一命を投げ出して戦う者のことを言うのではないのか。それを一度も戦わないで、どうしてこのまま帰れるというのだ！」

沙宅も必死であった。

「情けない！　どうして王様の深いお気持ちを分かっていただけないのですか。今、王様が一番お逢いしたいのは福智王なのです。飛鳥を離れてもう五年が過ぎているのに、比木の皆さんを手元に呼ばなかったのはなぜだと思うのですか。何で我が子に逢いたくない親がいるでしょうか……逢いたいのです。逢いたくてたまらないのです。それを五年間もじっと我慢してきたのは、皆さんを守りたかったからなのです。そのお気持ちを心の奥深く閉じ込めてきたのが王様なのです。どうか分かってください」

沙宅の唇が震えていた。眼には涙さえ浮かべていた。

「王様がそれほどまでに言うのは、あなた様の生命を守りたい一心からなのです。あなた様が愛しくてならないのです。あなた様が戦場に目見えれば、あなた様だけでなく、この神門の民が、いや、鬼神野の民も、渡川の民も、いいえ、比木の民も殲滅させられるかもしれないのです。そうなったら、百済王朝は末代まで神門の民の恨みを買うことになります。王様は、それを恐れているのです。それがあってはならないのです」

沙宅は息を詰まらせながら後を続けた。

「王様は、私に『父は死んだ。決して来ることはならん。すぐに比木へ帰れ、王の命令だ！』と伝言するようにと言われました。それほど大和朝廷は巨大なのです。今の王様のお気持ちは、どうしてこの山里の民を救えるかと、そのことでいっぱいなのです。どうぞ分かってください。お分かりになりましたら、七人衆の中の桑原氏には渡川を、中戸氏には鬼神野をしっかり守って、決して兵は出さないようにと、福智王から厳命してください。それが王様からの命令です。お願いします。私はすぐに王様の下へ帰ります」

それだけを言うと、沙宅はすぐに馬に飛び乗り、禎嘉王の所へと去っていった。

「王様、行ってまいりました。福智王は納得されました。どうぞ、御安心ください」

「御苦労さまでした。これで私も安心して……」

次の言葉がなかった。

そう言った禎嘉王の顔は、まるで死を急がねばというような、そんな表情であった。

四

追討軍の動きが緩（ゆる）やかになった。

穂積（ほづみ）将軍には、はっきりと戦局が見えていた。

平坦地に出れば、敵はもう袋のねずみであった。このままじりじりと攻めればいいだけになっている。後は、追討軍の損害をできるだけ少なくして、どう処理をするかだけのことであった。

そんなことを考えていたとき、突然、穂積将軍は敵陣に異変を感じて、全軍の侵攻を止めた。

と、それを待っていたかのように、神門の軍門から一人の兵士が白い布をかざして、追討軍に向かって走り出した。

「将軍！　将軍に禎嘉王（ていかおう）からの書状でございます。どうか、この書状を読んでください、とのことです」

穂積将軍は、その書状を受け取ると静かに読み始めた。

――息子の華智王は伊佐賀の戦いで死にました。その首級と私の首級だけで許してはくださらないか？　神門郷の民には何の罪もないのです。どうぞ、この神門の無辜の民におとがめの及ばないようにお取り計りください――

そんな文字が乱れ書きしてあった。

「あい分かった。王様らしい最期であることを祈っています、と伝えてくれ」

穂積将軍は、使者を帰すと、全軍に向かって、弓矢の用意を命じた。

それを見定めた禎嘉王は、馬に飛び乗り、抜刀すると、鞭をあてた。

「後のことは、沙宅殿、そなたに頼みましたぞ！　この美しい神門の郷を守ってくれ！」

とそう叫ぶと、追討軍に向かってまっしぐらに疾駆した。

またそれを見たドンタロウも馬に飛び乗り疾駆した。

穂積将軍の声が響いた。

「矢を放て！」

天も暗くなるかと思われるほどの矢が二人に向かって放たれた。

矢は、二人の胸といわず、腕といわず、体全部に突き刺さった。

だが、落馬しなかった。二騎は、矢傷を負った主人を乗せたまま、追討軍の真っ只中に突っ込んだ。

一瞬、追討軍が乱れたが、すぐにその二騎は兵士に囲まれた。と、二騎の乗馬が前にのめり込んだ。足を払われたのだ。

二人は落馬した。一斉に兵士が覗（のぞ）き込む。

「おい、死んでるぞ！」

誰の声とも分からない声が穂積将軍の耳に届いた。

「さすがに禎嘉王だ！　何といさぎよい最期だ。軍人はこうなければならないのだ！　よし、二人の首級を挙げよ！　そして、勝鬨（かちどき）だ！」

岩井副将軍が勝鬨を挙げた。

「エイ、エイ、オウ！」

それに兵士が和した。

「エイ、エイ、オウ！」

「エイ、エイ、オウ！」

その声は、神門郷の山々に木霊（こだま）し、神門盆地を震わせた。

こうして、禎嘉王と益見太郎の壮絶な最期で、戦は終わった。

穂積将軍は、二人の首級を前にして、

「戦はいつも惜しい人を亡くす」

と呟いた。

十七、福智王と七人衆

一

潮(しお)が引くように追討軍が引き揚げていく。

誰もが呆然(ぼうぜん)としていた。何が起きたのか分からないほど何も考えられなかった。目の前に現れた追討軍の大軍を見たとき、「これで神門郷(みかどきょう)の民は皆殺しにあうのは間違いない」と、そう思った。誰もが死を覚悟(かくご)したのだ。

相手はこの大軍だ、一人として助かる者はいないだろうと、絶望と緊張の中で、追討軍を睨(にら)みつけていたのだ。どの顔も張り裂けそうになっていた。それなのに、突然、眼の前から、黒い集団である追討軍が忽然(こつぜん)と消えたのだ。

急に静けさが神門盆地を包んだ。すさまじいほどの静寂(せいじゃく)であった。

ふと我に返った七人衆の中の中邑が叫んだ。

「今だ！　今追えば、追討軍に一矢報いてやれるではないか！」

「そうだ！　禎嘉王とドンタロウさんだけを死なせて、何とするのだ！　これでおめおめと帰れるものか！　俺もお二人の後を追って、華々しく散るのだ！」

そう言って、宮脇が和して、すぐにも飛び出そうとした。

「なりません！　絶対になりません！」

と言って、二人の前に大手を広げた者がいた。福智王を漸く「渡川」に踏み止まらせ、ここに駆け付けた沙宅であった。

「あなたたちは、お二人を無駄死にさせるのですか！　お二人は、この神門を蹂躙させないため、火の海にさせないために、自ら犠牲になったのです。この神門の民を救おうとしての気持ちが分からないのですか！　なりません。それでも行くと言うなら、私を殺してから行ってください！」

いつも物静かで、子どもの教育だけに専念していた沙宅の激しい言葉に、中邑と宮脇がたじろいた。

するとすぐに海野と小路と村田が、これも大手を広げて、二人の前に立ちはだかった。

「沙宅殿の言うとおりだ。我々も同じように口惜しいのだ。俺だって切り込みたい。切り死にしたいんだ。しかし、ここで死んで、あの世に行って、お二人にどんな報告をするのだ。我慢だよ。それしかないのだ！　我慢しようではないか！」

海野の言葉に、小路と村田が同意し、中邑と宮脇の肩を摑んだ。

すると、張り詰めていた中邑の目から無言の涙が溢れてきた。二人の肩が揺れていた。

沙宅を囲んで、五人は悔し涙を流した。

戦場はまだわずかに燻っていた。

五人の姿を見ていた沙宅が無言で、その燻りの中をゆっくりと歩き始めると、五人もまた無言でその後に従い、兵士もそれに倣った。

「おお！　何と……」

そう叫んだ沙宅が膝を折った。目の眩むほどの衝撃であった。

「何といたわしい……」

沙宅の言葉の先に、胸と腹部に数本の矢の刺さった禎嘉王の首なし遺体が横たわり、その間近に、これも首のないドンタロウの遺体が横たわっていた。

何とむごい姿であろうか！

その首のない遺体を見た五人は、息を飲み、思わずそこにひれ伏した。

「王様……」

「ドンタロウ様……」

　それ以上の言葉は出なかった。

　神門の民が未だ見たことのない、むごたらしい首なしの遺体であった。

「皆さんの悲しい気持ちは分かります。私もあなたたちと同じように悲しいのです。しかし、悲しんでばかりはおられません。もしかすると、追討軍が引き揚げたのは、油断させておいて、我々を根絶やしにする策かもしれません。戦とはそういうものなのです。徹底して相手を潰す――それが戦なのです。ここは一刻も早く御遺体を隠し、引き揚げるのです」

　沙宅の言葉に、緊張が走った。

「今こそ我々が団結する時なのです。しっかりしてください。お二人が生命を賭けて守ろうとしたこの神門郷を、我々が後を継いで守らなければならないのです！」

　だが、沙宅の言葉に、誰も動こうとしなかった。地面にひれ伏したまま、まるで全身から力が脱け出してしまったかのように、動かなかった。

　五人は、沙宅を冷たい人だというような目で見ていた。

「しっかりしなさい！　今こそこの七人衆がしっかりしないで、誰がこの神門郷を守るのですか！　今からの神門はあなたたちの双肩にかかっているのです！」

　真っ先に中邑が顔を上げた。さすがにドンタロウから軍人として認められていただけのことはあった。

　続いて、四人が顔を上げて、沙宅の指示を待った。

「いいですか。禎嘉王の御遺体をそのままこの場所に埋葬するのです。そして、終わり次第、次にはドンタロウさんの御遺体を御屋敷近くの森深くに埋葬するのです。それが益見家に災いを招かない最善のことなのです。早く取りかかってください」

「なぜ、禎嘉王の御遺体をこの場に埋葬するのですか？」

　海野が怒った。

「説明は後にします。それより早くしてください」

　沙宅の言葉に、五人が首をひねったが、沙宅はそれ以上何も言わなかった。

　中邑が軍人らしく兵士を呼ぶと、すぐに埋葬できるほどの穴を掘った。深い穴であった。

　その間に、海野と小路が、血と泥にまみれた禎嘉王の遺体から矢を抜き、甲冑を拭き上げた。そして、まるで遺体に顔が付いていてもいるかのように話しかけながら、顔を拭く動作を繰り返していた。

「王様、申し訳ありませんでした……私たちが無力であったばっかりに、王様を守ることができませんでした……」

　村田と宮脇は、同じようにドンタロウの甲冑から矢を抜き、血と泥を落とし、拭き取った。

禎嘉王の遺体は、棺(ひつぎ)に入れることもなく、深い穴に寝かされ、少しずつ土がかけられると、一斉に慟哭(どうこく)が起きた。読経(どきょう)も起きた。

埋葬が終わると、沙宅は折れそうになる心を奮い立たせて、言った。

「これが負け戦です。よく覚えておくことです。悲しんではいられないのです。早くしてください。終わったら、すぐにドンタロウさんの御遺体を運んで、御屋敷近くの森深くに埋葬するのです。私も一緒にまいります」

皆ですぐにドンタロウの遺体を戸板に乗せ、森の中に運んだ。

そうして、禎嘉王の埋葬が終わり、ドンタロウの埋葬が終わると、沙宅は心を鬼にして、もっと辛(つら)い号令を七人衆にかけなければならなかった。

「いいですか、これからは、あなたたち七人衆はもとより、全村民に一切(いっさい)の武器を捨てさせ、全員何もなかったかのように、田んぼや畑に出て、農作業に専念するように厳命(げんめい)してください」

沙宅がなぜそんなに急ぐのか、誰にも分からなかった。だが、誰一人としてそれに逆らう者はなかった。

二

半年が過ぎた。

だが、神門郷（みかどきょう）は依然として、灯が消えたように静まり返っていた。

村の民は、今までどおりに田を耕（たがや）し、畑を作り、山へ薪（まき）を取りに行き、今までどおりの生活を営（いとな）みながらも、潜（ひそ）まり返っていた。

桜が散り、春を迎えても、村の中を行きかう民の話し声は密（ひそ）やかであった。

神門郷の民には、禎嘉王（ていかおう）とドンタロウの死は、あまりにも大きかった。まるであの首のなくなった遺体（いたい）のように、それは村人たちには自分の首を取られたような衝撃（しょうげき）であった。

首のなくなった二人の遺体を穴深く埋めたときのことが、どうしても脳裏から離れなかった。

二人の生命（いのち）と引き換えに、自分たち村人の生命が救われたと思うことは、あまりにも重く村人の心にずしりと圧（の）しかかっていた。

——王様のためでしたら、私たちはいつでも生命は投げ出せたのです——

心の中で、何度もそう叫んではみたが、どうすることもできなかった。無力の悲しさが、村中を被いつくしていた。

ただ、秘かに二人を悼み、供養する以外になす術を知らなかった。

田んぼに出ても、川に出ても、山に行っても、いたる所が禎嘉王とドンタロウとの思い出に刻まれていた。

二人からの恩恵はあまりに大きく、村人はそれに答えることのできなかった自分たちを嘆いた。

自然と喪に服した格好で、あれほど繁盛していた神門市場は閉じられ、禎嘉王の住まいも静まり返っていた。それも村人には耐えられない悲しみであった。

ただ一つの救いは、沙宅の屋敷で欠かすこともなく行われている子どもたちの手習いの声であった。溌剌としたその大きな声だけがかろうじて村人を元気づけていた。

今からこの村をどうしたらいいのかと、思案を続ける沙宅も、その元気な子どもたちの声に救われていた。

そうした日々が続き、春雨がしとしとと降る日のことであった。

「先生、ありがとうございました」

手習いが終わり、大きな声で挨拶を終えた子どもたちが、春雨の中を帰っていった後のことであった。

沙宅は、いつものように縁側に座って、ぼんやりとその春雨に目をやっていた。やはりまだ何も手に付けられないでいた。

消えるどころか、彼の中では、禎嘉王とドンタロウの映像がますます大きくなっていた。この神門郷がいかに二人を中心にして回っていたかを思い知らされた。二人があまりにも大きな存在であったのだ。

とても自分にはできることではないと、彼は唸っていた。

しかし、どうにかしなければ……と思うだけで、月日が過ぎていく——

そう思えば思うほど、二人の大きさに圧倒され、動きが取れなくなっていた。

そんな悶々としている彼の前に、突然、バッチョ傘を被った農民の姿をした男が現れた。

そして、その傘も取らずに声を掛けてきた。

「沙宅殿……私です……」

沙宅は、ふっと我に返ると、その男の顔をまじまじと見詰めたが、

「ああ……福智王……福智王ではありませんか！」

と、声にならない声を上げた。

「おお！　沙宅殿、お逢いしとうございました」

福智王も声にならない声であった。

「よくぞご無事で……私もお逢いしとうございました。どうぞお上がりください。御身体が濡れております。早く拭きませんと、御身体に障ります。早く……」

「上がってもよろしいのですか？」

「何をおっしゃいますか！　もう大丈夫です。もうこの郷には敵対する者はひとりもいません。追討軍は完全に引き揚げて、今は村人だけです。どうぞ安心してお上がりください」

「では遠慮なく……」

そうして、濡れた衣服を取り換え、上座に座った福智王を見た沙宅は、思わず額ずいた。そこには見間違えるほど禎嘉王そっくりの姿があったからだ。まさしく禎嘉王の皇子であった。

「申し訳ありませんでした。王様の命令とはいえ、御無礼なことばかり申しまして……さぞ御腹立ちだったでしょうが、よくぞ我慢していただきました。本当にどう言ってお詫びしたらいいのかと、ずっと腐心しておりました」

「いや、私の方こそお詫びしたいほどです。本当に礼を言います。あなたが強引に引き止めてくれた御陰で、私は汚名を負わずに済みました。あなたのお陰で、私は、この村里を火の海にしないで済んだのです。あなたの諫止を聞かず、私が追討軍に挑みかかっていたら、この神門郷は殲滅されていたかもしれません。それを思うと、今でもぞうっとします。本当にありがとうございました。御礼を言わなければならないのは私の方なのです」

沙宅は、福智王の成長に、目を見張る思いであった。

「ありがとうございます。万死に値する私のことをそんなに言っていただけるのは、本当に禎嘉王の御導きだと思います。福智王の御辛抱で、鬼神野（きじの）も、渡川（どがわ）も無傷でした。神門の民もわずかな死傷で済みました。それは、禎嘉王の深い深い心からの正義があったからだと思います。私などには計りしれない深い御心なのです」

「沙宅殿、私にも禎嘉王のその思いが少し分かってきたような気がします。そう思うと、矢も盾（たて）もたまらなくなって、戦（いくさ）の後の禎嘉王がどうなったのか気になって、自分が押さえきれなくなってしまい、迷惑だとは承知の上で来てしまいました」

「分かりました。決して迷惑ではありません。しかし、今晩はゆっくりくつろいでいてください。今から手配して、七人衆を呼びまして、明日、御一緒に禎嘉王の御参りに御伴（おとも）いたします」

そう言って沙宅は、海野（うみの）を呼ぶと、七人衆を集めるように手配した。

三

翌日、雨は上がったが、空はどんよりと曇（くも）ったままであった。

午後になって、七人衆が揃ったところで、沙宅の屋敷を出ると、福智王を囲むようにして、禎嘉王の埋葬の場へと向かった。

空が曇っているせいか、誰もが口数少なく、ほとんど無口のうちに足を運んでいた。やはり足は重かった。

井手内川を渡ったところで、沙宅が足を止めた。

「ここが『原田地区』と言いまして、元は原野だった所を、禎嘉王の指導の下に、この小川の上流から水を引いて、田んぼに作り上げることに成功したのです。今では見事なほどの田園に様変わりしたのです。本当に禎嘉王は素晴らしいお方でした」

沙宅は、福智王の気持ちを少しでも軽くしようとして、強いて明るい声で説明を始めた。

「それだけではないのです。ここまで来る途中に二つの池があったでしょう？　あの池も禎嘉王の指導の下に出来上がったもので、そのお陰で『小路前田』の水不足は解消され、そこも豊かな田園となりました。いいえ、神門市場を作ったのも禎嘉王なのです。まだまだありますけど……この村の発展は禎嘉王なくしては考えられないことなのです」

福智王は、沙宅の言葉にひとつひとつ頷いていたが、一言も発しなかった。彼の頭の中は、父王の埋葬されたときの想像で満ち溢れていた。

一行は小丸川を右に見、その瀬音を聞きながら、鬱蒼とした観音滝の細道を進んだ。そして、暫(しば)らく進むと、戦場であった「名木(なぎ)」の原野が広がってきた。また足が止まった。

それぞれが戦(いくさ)のことを思い浮かべていた。

「ここですか？」

「はい、そうです……」

「父上の御墓は……」

「はい、もう少し先の方です……『塚(つか)の原(はる)』と申します」

沙宅の声が震えた。足も震えている。

一行はまた足を進めた。重い重い足取りであった。

この半年の間、誰もこの地を訪れていなかった。いや、村の全員に立ち入りを禁じていたのだった。

街道から少し右にそれた低地に藁縄(わらなわ)で仕切られた所を沙宅が示すと、福智王が急に走り出した。

沙宅も七人衆も走った。

福智王は、そのこんもりと盛り上がった土の上に乗っている小さな石柱の前に身を投げた。

「何(なん)と痛ましい……何という姿に……」

福智王から嗚咽(おえつ)が漏れ、肩が震え始めた。唇(くちびる)を噛(か)みしめ、涙を必死にこらえている。

「申し訳ありません……」

そう言ったまま、沙宅の唇からも嗚咽が漏れた。

七人衆も一つになって、禎嘉王の墓前に額ずいて、泣いた。

「申し訳ありません。神門郷の民を戦禍から守るためとはいえ、禎嘉王の亡骸を放置させたのは、私が独断でやったことです。万死に値することです。決して許されることではありません。いかなるお咎めもお受けする覚悟はできております」

沙宅は福智王に何度も何度も頭を下げた。

暫しの沈黙が続いた。

「いいえ、我々がお願いして、一緒にしたことです。沙宅殿だけでしたことではありません。禎嘉王の亡骸を葬ったのは我々なのです」

中邑が叫ぶと、後の六人も一斉に福智王に頭を下げた。

「いいえ、皆さんには何の罪もありません。皆さんのやったことは正しいのです。それが戦です。よく我慢して、村人を救ってくれました。私の方からお礼申します。ただ……」

福智王は暫らくの間考えていたが、

「皆さんにお願いがあります。小さな祠で結構ですから、目印となるように、ここに建てていただけないでしょうか。禎嘉王の御霊を安んじるためです」

と言ったと思うと、急に、上空の雲間からのわずかな光を見上げて、口走った。

「ほら、禎嘉王の御霊が私の上を彷徨っています。私には見えるのです」

と言って、立ち上がった福智王の姿を見た一行は震え上がった。一瞬、狂ったのではないかと思ったが、それ以上に、その福智王の顔があまりにも禎嘉王に似ていたことに恐れ慄いた。そして、思わず膝を折り、手を合わせた。

「私が、来年から毎年、稲の取り入れが終わり、農閑期になる年の暮れに、禎嘉王の御霊が安んじられるように、ここにお参りいたします。どうかよろしくお願いします」

と、七人衆に頭を下げた。

「勿体のうございます」

七人衆が一緒になって新たな涙を流した。

そして、村田が言った。

「御安心ください。来年、福智王が来られるまでに、きっと立派な祠を建てておきます」

塚の原からの帰り、沙宅の屋敷に着くまで、一行はほとんど無口であった。ただ、福智王が一言『明日、比木へ帰ります』と言っただけであったが、それを聞いても、何も言いだせなかった。何か言えば、そこで足が止まって、動けなくなるような気がした。

屋敷に着くと、すでに夕膳が整っていた。

一行は、横座に座った福智王を見て、息を飲んだ。まるでそこに禎嘉王が座ってでもいるかのような錯覚に陥った。あまりにも似ていた。

今まで、何度こんな場面があったろうか！

胸に迫ってきた宮脇が言った。

「王様！　比木に帰らず、このままその席に座っていただけないでしょうか？　今の王様の姿は、先帝のお姿と寸分変わりません。王様にはその席がお似合いなのです。我々は、いいえ、この神門の民は、禎嘉王とドンタロウさんのお二人を一度に失くして、どうしていいのか分からなくなっているのです。誰もが混乱して、仕事も何も手がつかない状態なのです。その席に座っていただけたら、きっと元の活気のある神門に戻ります。どうかお聞き届けください」

その声は悲痛にさえ聞こえた。

と、軍事面を担当していた中邑が言った。

「そうです。福智王の身辺は私がお守りいたします。王様から離れず、私の生命に代えてもお守りします。先帝やドンタロウさんのような悲劇は、二度と起きないようにこの七人衆で守ります。この神門のために、ぜひともこのまま踏み止まっていただけないでしょうか？」

他の五人も一緒になって懇願（こんがん）した。

沙宅は一言も口を挟（はさ）まなかった。

「皆さんの気持ちは本当にありがたく思います。できることなら、今からでもそうしたいのです。でも、できない、いや、してはならないのです。今日、塚の原に立って、初めて禎嘉王の深いお気持ちが分かったような気が致します。それを一番理解していたのがドンタロウさんではないでしょうか」

そう言って、福智王は大きく息を吐いた。

「皆さん、もちろん自分から敵を作ってはいけません。いいえ、味方を作ってもいけないのです。守るという名目の下（もと）に、武装した味方を作ってはいけないのです。そうすれば、疑心（ぎしん）暗鬼（あんき）が生まれ、必ず敵を生むのです。ですから、敵を作っても、味方を作ってもいけないのです。私も最初は参戦できなかったことが、口惜（くや）しく、恥ずかしくてなりませんでした。しかし、あのとき、私が参戦していたら、この神門は焼け野が原になっていたかもしれません。私ひとりの恥などどうでもいいことなのです。大切なのは神門の民を守ることだったのです。それから私は、なぜ、日向国（ひむかのくに）がこれほど平和でいられたのかを考えました。それは武装集団を作らなかったからだ、ということに気がつきました。敵を作らず、いつも相手を尊敬して、話し合いの場を作ることに専念したからこれほど長い平和を維持することができたのです。

この平和を維持するには、常に相手を尊敬し、認めることではないでしょうか？　お二人の気持ちはそこにあったのです。それを、身を持って教えてくれたのが、禎嘉王とドンタロウさんでした。そして、幸いなことに、お二人のその気持ちを、追討軍の穂積将軍が理解してくれました。お二人の首級を取っただけで、引き揚げてくれたのです」

福智王は八人の顔を順に見渡して、後を続けた。

「もし私がこのままここに居ついたら、どうなると思いますか。禎嘉王とドンタロウさんの死を無駄にすることになるのです。大和朝廷が、今度はもっと大掛かりな追討軍を派遣し、この神門を完膚なきまで叩くばかりか、灰にしてしまうでしょう。許すものですか！　分かってください。ですから、禎嘉王の祠はできるだけ目立たぬようにお願いするのです」

福智王の言葉に、沙宅は目を見張った。

〈何と大きく成長したことか！　この姿を見たら、禎嘉王は計りしれないほど喜んだろうに……〉

もう誰も逆らわなかった。

こうして夜は更けていった。

福智王の「比木」へ帰る朝が来た。

話は尽きなかったが、来年を約して、帰る支度が整った。帰りも、来るときと同じように忍びであった。

沙宅と七人衆だけの見送りであった。

沙宅の屋敷を出て井手内川に差しかかったときであった。福智王が足を止め、一行に向き直った。

「名残惜しいですが、ここで別れとうございます。本当にお世話になりました」

と言うと、沙宅が言った。

「いいえ、もう少し先の観音滝が過ぎる所までお送りさしてください」

七人衆もせがむように、

「そうです、そうです。もう少し先まで……」

と言って、先に歩き出した。

観音滝の鬱蒼とした森の道を過ぎて、平地になったころ、福智王が、

「ありがとうございます。もうここから先は……」

と言うと、今度は七人衆が言った。

「足りません。もう少し送らせてください。せめて禎嘉王の御墓まででも結構ですから御一緒して、もう一度お参りして、別れを惜しんでいただけないでしょうか？　後一年しないと、

お逢いできないのですから……」

一行は次第に口数が少なくなった。心が締めつけられるようであった。

禎嘉王の御墓の前に来ると、一行はそのお墓の前で、それぞれに膝をつき、祈り続けた。

時の過ぎるのは早い。

「ここでお別れしましょう。名残尽きませんが、一年後には必ずこのお墓の前に来るのですから、もう、ここで……」

沙宅も七人衆は何も言わなかった。

「ではここで……」

福智王の言葉に、海野が言った。

「はい、名残尽きません。もう少しだけ……もう少しだけお送りさせてください」

そう言うと、皆は涙をいっぱい浮かべて、福智王を見詰めた。

福智王の瞳にも涙が溢れていた。

そして、また黙々と歩き始めた。

お互いの想いがそれぞれの身に染みてくる……

「小又吐」に来た。

小丸川が支流と混じり合い、その瀬音を近くした。

「本当にここでお別れします。これ以上送っていただいたら、私の心が挫(くじ)けてしまいます。必ず、必ず一年先には参ります。そのときまで……さらばです……」

福智王の言葉に、一行は足を止めた。

「おさらばです……」

「おさらばです……」

「来年を、お待ちしております……」

四

翌日から、すぐに禎嘉王(ていかおう)の祠(ほこら)の制作にかかった。

村田(むらた)の指導の下(もと)に、七人衆だけでなく、多くの村人の協力もあった。

大工仕事については、村田の右に出る者はなく、仕事はてきぱきと進んだ。材料などいつ用意したものか、その祠は一カ月かからず出来上がった。

その傍(かたわ)ら、宮脇(みやわき)と小路(こうじ)が、山から手頃なケヤキ、杉、松、もちの木などを取ってきて植え付け、その塚を囲った。

だが、村田にはそれが不満であった。

祠が出来上がり、参拝が終わると、村田が言った。

「こんな小さい祠で、禎嘉王は安らかに眠れるでしょうか？　私にはそうは思えない。こんな小さな祠では、村人からは忘れ去られ、禎嘉王の魂はいつまでもこの上を彷徨うのではないでしょうか？　それでは禎嘉王は浮かばれませんよ。そうなったら、我々は、あの世へ行ったとき、ドンタロウさんにこっぴどく叱られますよ。皆さん、神社を建てましょう！　どうでしょうか？」

「大賛成です！　私もそう思っていました。この祠だけでは、毎年、この前で禎嘉王に詫びなければなりません。いいえ、この塚の原だけでは御霊は安んじられません。それに禎嘉王が神になれば、大和朝廷からのお咎めもなくなるのではないでしょうか？」

そう言ったのは、最も信心深い宮脇であった。

「そうだよ。ドンタロウさんだってそう望むよ。早速、計画を建てよう。そして、ドンタロウさんの安置場所も決めるんだ」

中邑の声であった。

「それは最初から決まっているようなものだ。禎嘉王の屋敷の左側のこんもりした森が最適だよ。現在名もない小さな祠が祀られている所の山を削り、石段を作り、その広場に拝殿を建て、その奥に御霊の安置できる神殿を作れば、最高ではないですか」

無口な小路が珍しく口を開いた。

海野が微笑を浮かべた。

「そして、屋敷前の広場に御神屋を作り、神楽を催したら、禎嘉王も満足していただけるのではないでしょうか」

「しかし、来年の年の暮れには福智王が来ることになっていますが、間に合うでしょうか」

沙宅の言葉に、すかさず村田が答えた。

「真っ先に石段を作り、それと同時に資材を集め始めます。そして、石段を作り始めると同時に、すぐに神殿に掛かります。拝殿完成までは無理かもしれませんが、福智王が来られたときには、少なくとも神殿だけは完成できます。それができれば、禎嘉王の御霊を安置できるのではないでしょうか？　しかし、それには村民を総動員させることになりますが……」

七人衆の顔が輝き始めた。

「いよいよ小路氏の出番が来ましたね。石段作りはあなたしかいませんから……神殿作りと並行に進めていけば、成功するのではないでしょうか？」

村田の言葉に、小路が口を挟んだ。

「ちょっと待ってください。皆さんにお願いがあります。この事業は、とても私一人では手に負えるものではありません。それで、この土工にかけては村一番の菊池さんに、石工にかけては若杉さんに協力していただこうと思うのですが、いかがでしょうか？」

「ああ、あの井手内川の堤を作り、水路を作ったときに、ひときわ手際よく作業していた方ですね？」

「そうです。この二人が応援してくれるなら、事業は間違いなく成功するのではないでしょうか」

「それに石切り場の管理する者がいりますが……それを中邑氏と海野氏が担当してくれたらいいのですが……」

「これでほとんどの担当は決まりましたね。やはり何と言っても、主は神殿造営にあるのですから、村田氏が手掛けてくれたら皆が納得するでしょう」

沙宅の声に、皆が頷いた。

「これは、今からこの神門が、禎嘉王の御加護の下、安定した村になるかどうかの重大問題だ。皆さん、全村民にお願いして回りましょう」

海野の声に、七人が手を取り合った。

沙宅の顔にも明るさが浮かんでいた。

これで禎嘉王に少しは御恩返しができるのかもしれない、と思ったのか、彼らの心にそのときから火が点ったようであった。

五

その夜、小路はすぐに菊池と若杉の所へと足を運んだ。

「今、この村は、禎嘉王とドンタロウさんを亡くして、活気を失っています。以前の活気を取り戻すためにも、お二人の力を貸していただけないでしょうか。この事業を成功させるためには、どうしてもお二人の力がいるのです。ぜひ、御協力ください」

「主旨は分かりましたが、果たして私にできるでしょうか。自信ありませんが」

「いいえ、この村の誰もがお二人の力量は知っています。井手内の堤と水路作りで実証済みではありませんか。ぜひとも……」

「分かりました。私でできることがありましたら、喜んで協力させていただきます」

そう言って、二人は快く引き受けた。

同じその夜、宮脇と村田は神社建立予定地の森の図面を広げ、それぞれの役割分担をどうするかを検討していた。

そして、その図面が出来上がると、朝のいつもの子どもたちの手習いが終わるのを待って、七人衆は、菊池と若杉を加えた大勢で沙宅の屋敷に集まった。

宮脇が懐(ふところ)からその図面を取り出し、床(ゆか)の上に広げた。

一目瞭然(りょうぜん)——誰もが唸(うな)るほどの出来栄えであった。

「よくも一晩でこれほどの地図を描(か)き上げたものですね。これだったら、わしが見ても分かるぞ」

中邑(なかむら)の声に、皆がどっと笑った。

「いいえ、神殿の方の図面は、村田氏(むらたうじ)にお願いしておりますので、それが出来次第、資材の準備にかかります。なお、お互いの仕事の邪魔(じゃま)にならないように搬入口を決めたらいいと思います。神殿関係の方はこの森の上手(かみて)の方から参拝用広場に搬入集積しようと思っています」

宮脇がそう言うと、海野(うみの)が少し首を傾(かし)げた。

「しかし、急なことゆえ、倒したすぐの生木(なまき)では柱にすることはできないでしょうが、間に合うのでしょうか？」

「大丈夫です。私の倉庫には、いつでも家一、二軒分ぐらいの資材は保管してありますので、御安心ください。拝殿の分は今から切って一年置けば、これも十分に間(ま)に合います」

「これは失礼しました。玄人(くろうと)にとんだ質問をしてしまいました。勘弁してください」

と、海野を助けるように、小路が言った。

「私と菊池さんは、この参集用広場をもっと広げ、拝殿前の参拝広場との間（あいだ）の石段を作り上げ、それが終わり次第、この参集広場と街道との間の石段にかかりたいと思います」

　すると、海野が言った。

「その石段に合うように、私たちは若杉氏の指導の下（もと）に、運搬するにも適した寸法で石の切り出しを行いたいと思います」

「簡単に石の切り出しと言ってますが、その採石場はどこかいい所があるのですか？」

　沙宅の言葉に、海野に代わって若杉が答えた。

「はい、海野氏から言われて、先に調べておきました。神の御加護（かご）か、私たちは恵まれております。この森の北側に当たるほんの先の『傍片（かたへら）』の前がこの石段には最適のようでした。これを利用すれば、運ぶのも容易（ようい）ですし、申し分ないと思います」

「すみませんでした。そこまで調べに行っていたとは。差し出がましいことを言って、申し訳ありませんでした。安心いたしました。もうこれでできたも同然ですね」

　と、沙宅が言うと、どっと笑い声が起きた。

「沙宅殿はゆっくり見物しておいてください」

「ありがとうございます」

十八、禎嘉王神となる

一

神殿建立――宮脇・村田班
石段造成――小路・菊池班
採石管理――中邑・若杉班
総合管理――沙宅・海野が担当。

「これで体制は整いましたね」

と言って、沙宅は、桑原と中戸に向かって言った。

「お二人を入れてないのは、決して他意があってのことではありませんので、気を悪くしないでください。お二人には、鬼神野（きじの）と渡川（どがわ）をしっかりと守っていただかなければならないとの配慮（はいりょ）からなのです。お二人を自由な立場に置いていた方がいいと、海野氏（うじ）と相談して決めたことなのです。しかし、作業に何らかの支障が生じたときは、きっと無理なお願いをすることになると思いますので、そのときは決して嫌がらずに協力してください」

沙宅の言葉に、二人はほっとしていた。

と、宮脇が言った。

「小路氏と菊池氏にお願いがあるのですが……私の班の半分は、拝殿用の材木の伐採（ばっさい）をしておきたいのです。それで少し手が足らないのですが、石段造成が忙しいでしょうが、今から村田氏の神殿基礎（きそ）工事の地固めの加勢をしていただけないでしょうか？　その間（あいだ）に、切った雑木から採石運搬用のコロになる物を作っておこうと思いますので、よろしくお願いします」

「分かりました。私の班を二つに分けて、お手伝いさせていただきます」

「本当に助かります」

その会話を聞いていた中邑が言った。

「我々は、『傍片（かたへら）』へ行って、採石の準備にかかります」

神社造営は、全村総出となった。

男はもちろんのこと、女は炊き出しに精を出した。

誰一人として不服をとなえる者もなく、むしろ、禎嘉王（ていかおう）に少しでも恩返しができると思うだけで、嬉しくてならなかった。村人は、家の仕事を急いで片付け、その造営の場へと駆（か）け付けた。それほど禎嘉王への思慕（しぼ）が村人の中に満ち溢（あふ）れ、村に活気が戻った。

こうして体制が決まると、作業は順調に進んだ。

神殿建立組は二手に分かれ、宮脇班は神殿の基礎固めを担当し、村田班は、一年先に建て始める参拝殿の柱になるスギ、ケヤキの伐採に奥の森に向かった。

石段造成組も、二手に分かれ、小路班は神殿の基礎工事に地盤固めの加勢に回り、菊池班は石段造成のための基礎作りに着手した。その地盤固めのかけ声が静まり返っていた森に木霊（こだま）すると、現場は本格的に動き始めた。

それに合わせるように、採石場の中邑と若杉は「傍片」の道路の向かい側の雑木を払い、表土を剥（は）ぐと、石の切り出しにかかった。石段造成の菊池と打ち合わせ、石材の寸法を決めると、巾（はば）六寸、長さ四尺五寸に揃（そろ）えて作り始めた。

三つの組が互いに連絡を取り合い、まず神殿作りのための基礎工事を、石段造成組が一緒に作り上げ、宮脇班が切り出した木材の枝などから、石材運搬用のコロになる木々を作って提供し、互いに助け合った。

　それによって、採石場からの運搬が容易になり、想像以上に捗った。

　それを見ていた沙宅が海野に言った。

「神殿造営はうまくいっているようですが、石切り場の作業の方が少しきつい思いをしているように見えますが？」

「私にもそう見えていました。どうしたものかと考えていたところです」

「しかし、皆が言うことには、戦の思いをするなら何ともありませんよ。武器を持たなくていいだけ、何ともありませんよ、と言うのです」

　二人がそんな話をしていたときのことであった。

　七人衆の中の桑原と中戸が「渡川」と「鬼神野」からそれぞれ二十人の人手を連れて駆け付けてきた。

　桑原が言った。

「私たちも皆様と同じように禎嘉王から計りしれないほどの恩恵を受けております。それなのに、指をくわえて見ているだけでは申し訳ないと、中戸氏と話しあって、少しでも役に立ちたいと、押しかけてまいりました。この中には、石工のできる者もいます。邪魔にならないようにしますので、どうぞよろしくお願いいたします」

「いいえ、邪魔になるどころか、大助かりです。今、二人で、人手がもう少しあったら随分と助かるのにと、話していたばっかりでした。どうぞ私の方からお願いします。できましたら、桑原さんは採石場の方を、中戸さんは石段造成の方を加勢してもらえませんか。助かります」

二組の加勢で、作業場に歓声が上がった。

作業は驚くほどの速さで進んだ。

採石場から石段の入り口までの街道と、参集広場までの勾配面には、全面にコロが敷かれ、六台の橇の形をした木の枠台に乗せられた切り石が続々と運ばれていった。

神殿の棟上げが終わるころには、参拝広場と参集広場をつなぐ石段の造成も終わりに近づいていた。

参集広場には仮小屋が設けられ、毎日の炊き出しで賑わっていた。そこはまるでお祭りのようであった。

沙宅と海野は顔を見合わせた。

「この分で行くと、神殿だけでも間に合いますね。本当に安心しました」

「そうですね。福智王が来られたとき、どれほど喜んでくれるのかと想像しただけで、私も嬉しくなります」

二

そうして、福智王が再び神門郷を訪れたのは、それから一年半も過ぎた秋も終わろうとするころであった。

その席には、沙宅と七人衆に若杉と菊池が加わっていた。

「福智王、お待ちしておりました。お懐かしゅうございます」

そう言って、沙宅が頭を下げると、それに従って全員が頭を下げた。

福智王も、それに合わせて感慨深げに頭を下げた。

「私も懐かしくてなりません。遅くなって申し訳ありません。このたびは、皆さまの迷惑になるのをできるだけ少なくしようと、稲の取り入れの済むのを待ってと思い、この時期を選びました。悪く思わないでください」

「もったいない御配慮です」

「それにこのたびは、橋口氏と松原氏に同行していただきました。私が蚊口浦に漂着以来、親身になってお世話していただいた方々です。どうぞよろしくお願いします」

福智王の改まった紹介に、沙宅も改めて七人衆を紹介して、言った。

「福智王、実を言いますと、お帰りになってすぐのことです。塚の原に祠はできたのですが、皆で協議した結果、こんな小さな祠では禎嘉王に申し訳ないということになりまして、神社を建てて、そこにお住まいいただこうということになりました。これは七人衆だけでなく、全村民の総意から出来上がった社です。お疲れでしょうが、どうぞご覧になってください。よろしければ、すぐにでも御案内いたしますが？」

「構いません。ぜひとも拝見させてください」

そう言って、福智王はすぐに立ち上がった。

そして、参拝広場に通じる石段を見上げた福智王は、その美しさに目を見張り、思わず手を合わせると、深々と頭を下げ、暫らくは立ちつくしていたが、村人ひとりひとりの優しさに感謝するように、ゆっくりとその石段を上っていった。

沈黙を守り、誰もが咳きひとつしなかった。

石段を上り終え、参拝広場に立って、その神殿のたたずまいを見た福智王は、そこでも息を飲んだ。

父、禎嘉王の納まるはずの神殿は、深い森に包まれ、静かに威厳を持ってたたずんでいた。

福智王は急にそこに膝を折ると、暫らくの間、身動き一つしなかった。その唇からは微かな嗚咽が漏れていた。

その姿に、誰もが涙を流した。

福智王が立ち上がると、沙宅が言った。

「拝殿の完成には間に合いませんでしたが、来年まではきっと出来上がると思います。どうぞ、神殿の方に上がってください」

沙宅は先に立つと、拝殿の基礎地盤だけができている敷地の真ん中を案内した。

作業を続けていた村民は、眩しそうに一行を見ていた。

神殿に向かってもう一度手を合わせていた福智王が、後ろに控えていた一行に向かって、頭を下げた。

「皆さん、ありがとうございます。こんな立派な神殿を建てていただいて、何とお礼を言ったらいいのか、言葉がありません。きっと禎嘉王も地下で喜んでいることと思います」

三度、神殿を仰ぎみていた福智王が、沙宅の方に向き直って、言った。

「我儘ばかり言って申し訳ないですが、大変なお願いをしていいでしょうか？」

「私たちでできることでしたら、何なりと……」

「三、四尺四方の紙を十枚ぐらいありましたら、御用意していただけないでしょうか？　少し硬めの方がいいのですが……」

沙宅はその理由を訊かなかった。

「おやすいことです。海野氏、ありますかね？」

沙宅の言葉に、海野も理由を訊こうともしないで、石段を駆け下り、それを用意すると、福智王の前に広げた。

すると、福智王はその紙の束をささげるようにして、神殿に向かって一礼すると、それを静かに折り始めた。

たまりかねて、沙宅が言った。

「どうなさるのですか？」

「はい、紙の袋を作るのです。これは、塚の原で彷徨っているでしょう禎嘉王の御霊をお連れするための物なのです」

誰もが黙していると、海野が言った。

「私でよかったら、お手伝いを致しますが……」

「いいえ、これは私と沙宅殿と橋口殿で作り上げねばならないのです」

そう言うと、もう一段高くなっている神殿に上がり、その紙の袋を、三人で作り始めた。

「ありがとうございました。漸く出来上がりました。今からすぐに塚の原へ行きたいのですが、御一緒していただけるでしょうか？」

急に人の変わったような福智王に、誰もが戸迷ったが、何の逆らう理由もなく、静かに従った。

一行は、すぐに石段を下り、「名木（なぎ）」へと向かった。

途中、一行に加わりたいと申し出る村人がいたが、沙宅はそのひとりひとりに丁寧（ていねい）な言葉で断り続けた。それは、今からの福智王の行為が理解できていなかったからであった。

塚の原に着いた。

原野（げんや）の広がる中に、少しだけ土が盛られて小高くなっている禎嘉王の御陵（ごりょう）があり、周囲には縄（なわ）が張られ、そこは静まり返っていた。

その中に立っている祠（ほこら）の周りは、秋の終わりを告げる落ち葉が散り敷かれたように、ケヤキやイチョウの黄色の葉の上に真っ赤な紅葉（もみじ）が色鮮（いろあざ）やかに散りばめられていた。

「ああ……」

と言ったきり、福智王は、その落ち葉の上に身を投げ出し、肩を震わせて嗚咽を嚙（か）み殺していた。

暫らく時が流れた。

と、突然、福智王は膝を立てると、狂ったように叫んだ。

「父上！　お迎えにあがりました。遅くなって本当に申し訳ありませんでした。二年以上も放っておいて、本当に悪い息子です。どうぞお許しください」

そう言って、また大空を見上げると、辺り構わず大声を上げた。

「この寂寞たる荒野に、二年以上も彷徨い続けた王様！　どうかお気を沈めまして、私の気持ちを受けてください。お願いします」

福智王の顔はもう真っ青になっていた。

その顔を見た一行は震え上がった。

このままだと、福智王は狂ってしまうのではないかと誰もが思った。

「ほら、皆さん見えるでしょう？　この祠の上を禎嘉王の御霊が彷徨っています。それが二年間も続いていたのです……王様、どうかお気を沈めてください！」

福智王の顔はますます蒼ざめていた。

「沙宅殿！　橋口殿！　早くその袋を……早く！」

もう狂っているとしか思えなかった。

二人は急いでその紙の袋を差し出した。

福智王は、それを天空に差し上げた。

「禎嘉王！　どうか魂をおさめて、この袋の中に納まりください。この神門郷の民が、王様の安らぎのための神殿を作って待っております。どうぞ、魂をこの袋の中に……今から私が案内いたします。どうぞ、村人の気持ちを酌んでいただいて、お願いします」

沙宅と橋口と三人で持っているその袋を、福智王は高々と持ち上げた。

と、そのときであった。モチの木の梢がピカリと光り、同時に紙の袋に光が突き刺さるように飛び込んだ。

手が震えた。思わず袋を落とすところであった。

誰もが「ははっ」と思わずひれ伏した。まぎれもなく誰にも見えたのだ。

また福智王が叫んだ。

「ありがとうございました。王様が、今から未来永劫安らかに過ごせる、村人の総力で作り上げた神殿へ御案内いたします」

そう言って、一行を振り返った福智王の蒼ざめた顔には、幾分か紅がさしていた。

神殿に戻った福智王は、沙宅や橋口すら従わせず、ひとりでその紙の袋を大事に持って、神殿の奥に入っていった。

それから暫らくして神殿を出てきた福智王の顔は、晴れ晴れとしていた。

「皆さん、御心配かけました。御神殿の奥で、王様とじっくりお話ししてまいりました。王様は、今後は、皆さま神門郷の民がいつまでも平和で暮らせるように、ドンタロウさんと一緒になって、お守りしていくと約束してくれました。本当にありがとうございました」

誰もの顔が、ほっとした顔になっていた。

「そして、禎嘉王の言ったことは、最後の最後まで私の身を守り、神門郷の平和を願って討ち死にしたドンタロウさんにお礼参りをするようにとのお達しでした。沙宅殿、ドンタロウさんの塚に案内していただけましょうか？」

「かしこまりました」

そう言って、一行が神殿を出ると、そこの参拝広場は村民で溢れていた。それは禎嘉王の入魂式があると聞き付けた村民の姿であった。

沙宅が福智王に、益見太郎（ドンタロウ）の塚への道を譲ろうとし「お先にどうぞ」と言うと、福智王が言った。

「いいえ、先頭を歩くのは沙宅殿が先なのです。最早、禎嘉王は御神殿の奥に休まれて、その代理を務めることのできるのは、沙宅殿だけなのです。そして、七人衆だけなのです」

「滅相もありません。御子息である福智王が先頭でなければなりません」

「いいえ、沙宅殿、分かってください。禎嘉王と共に戦い、最後の最後までお守りしたのはドンタロウさんなのです。その方にお礼参りに行くのに、どうして私が先頭に立てますか。今は、沙宅殿が代表なのです。そして、今からは神門神社の宮司を務めていただく沙宅殿以外は適任者はいないのです。よろしくお願いします」

福智王の必死の言葉に、沙宅が折れた。

行列は、沙宅を先頭に七人衆が続き、その後を福智王と供の者が続き、またその後を村人が続き、参拝広場の左手の方の緩(ゆる)やかな狭い山道を歩き始めた。

一行はすぐに森の頂上に辿(たど)り着いた。

益見太郎の塚は、円墳(えんふん)の形に作られており、二尺ほどの高さに盛土(もりど)されたそれを、岨道(そばみち)がぐるりと取り囲こみ、そこは鬱蒼(うっそう)とした森の中にあった。

沙宅と七人衆のお参りが終わると、福智王は、その塚の前に暫らく膝を折っていたが、それが終わると、急に神門郷の代表と村人に向かって深々と頭を下げた。

「ありがとうございました。皆様の気配り、この福智王、どんなに感謝しても感謝し足りません。禎嘉王に代わってお礼を申し上げます。どれほどあの世で喜んでいることでしょうか！　ここから御神殿は指呼(しこ)の距離ではありませんか。禎嘉王がどれほど心安らかに御神殿におわすことでしょうか。後(うし)ろに仁王立ちしたドンタロウさんが守護神として、いつも見守ってくれている――何と心強いことでしょうか！　皆様の御配慮、心から感謝します。父上に代わって、深くお礼申しあげます」

そう言って、福智王は泣き崩れた。

その姿に、沙宅や七人衆だけでなく、村人も思わずそこに泣き崩れた。

いよいよ別れの時が来た。

深い霧の中から脱け出したように、不思議に誰の顔も晴れやかであった。

福智王を中心にして、神門と比木（ひき）の面々が一つに溶け合ったように、気持ちが一つになっていた。

沙宅が言った。

「福智王、お願いがございます。私に禎嘉王のお世話することをお許しいただけないでしょうか？　私は決心を致しました。今日からしっかり神門の人間になります。それには名前を変えます。沙宅という百済（くだら）の名前から、禎嘉王がこよなく愛した、原野（げんや）を田んぼに変えた所の名前の『原田（はらだ）』に改名したく思います。恐れ多いことですが、今からの余生を、この神門（みかど）神社の宮司（ぐうじ）となって仕（つか）え、暮らしとうございます。大神（おおみかみ）の願いでありました神門郷の平和のためにこの身を使いとうございます。どうかお許しください」

「許すも許さないもありません。ありがとうございます。どうぞ、この神門の平和のために御尽力（ごじんりょく）ください。私も来年、いや、生きてるかぎり、年の暮れにはやって来ます。約束します」

二人は手を取り合って、別れを惜しんだ。

二人は屋敷（やしき）を出ても、肩を寄せ合うようにして石段を下りた。

そして、「あっ！」と声を上げ、目を見張った。

その街道筋の両側を村人の群が埋め尽くしていたのだ！

二人が、その中を歩くと、その村人たちはぞろぞろとついて来た。

「おさらば……」

「おさらば……」

どこからともなく、むせぶような声が聞こえてくる……

福智王の頰にも涙がつたっていた。

「もうここらでお別れしましょう。また来年も必ず来ますから……」

井手内川（いでのうちがわ）に差しかかっていた。

福智王の言葉に、送り人の足が止まった。

福智王と供の者が歩き始めると、川の右岸に村人が集まってきた。

「おさらば……」

「おさらば……」

その声は、福智王の姿が観音滝の向こうに消えるまで続いた。

三

だが、約束の一年過ぎても、福智王（ふくちおう）は現れなかった。

あれほど約束をしていながら、年も暮れようとしているのに、福智王はおろか、比木（ひき）の者の姿すらどこにもなかった。

――どうしたのだろうか。あれほど神門（みかど）の民のことを思い、この神門郷を慈（いつく）しんできたのに……あの誠実なお方（かた）が忘れるはずはない――

神門の民は、何人か集まると、話題はいつもそのことであった。

――何か大変なことでもあったのではないだろうか？――

――福智王の身に何か大変なことが……また追討軍が比木に押し寄せてきたのではないだろうか？――

神門盆地の中を、そんな不安や憶測（おくそく）が駆（か）け巡った。

――いや、いや、福智王のことです。今に現れますよ――

そう思うしかなかった。

だが、年が明けても、福智王は現れなかった。

そして、二年目の暮れになったときであった。

神門盆地は、夜になると深々と冷えるが、昼間は風もない小春日が続く。そんな中に、橋口を先頭にした十名ほどの比木の一行が現れた。

宮司になった原田（帰化した沙宅）は、急いで七人衆と、神殿作りに功労のあった若杉と菊池を呼んだが、比木の一行は、「福智王は亡くなりました。お話は後にしてください」といって、社務所には上がらず、神殿に向かって石段を上っていった。

原田宮司一行もそれに従った。

そこには、神殿を守るように拝殿が並び、深い森に包まれて静まり返っていた。

拝殿に上がると、橋口が言った。

「原田宮司、お先に神殿に上がって、禎嘉王に、福智王をお連れしましたと申し上げていただきませんか？」

「どういうことでしょうか？」

「はい、動転しておりました。申し訳ありません。実を言いますと、福智王はすでに亡くなっていて、今は御霊におなりなのです。それで、お二人をお引き合わせできるのは、原田様しかいないのです。どうぞよろしくお願いします」

一方的な言葉ではあったが、原田は深く頷くと、全員を参拝殿に残したままひとり神殿の奥へ向かった。

暫らくの間、参拝殿を静けさが満たしていたが、原田が神殿から下りてくると、橋口がすがるような顔で待っていた。

「どうぞ、お上がりください……」

「原田宮司も御一緒してください」

と言って、橋口は、大きな紙の袋を大事そうに両手で支え、神殿へと足を進めた。

橋口は、神殿に向かって二拝すると、原田を促して、その袋を少し開けて、言った。

「王様……いいえ、神門大明神、御子息をお連れいたしました。どうぞ、心いくまでお話しください。比木へ帰るときに、またお迎えにあがります」

橋口は、また二拝すると、原田と共にその神殿を辞し、一行の待つ拝殿に下りていき、その真ん中に座ると、神門の九人と比木の十人が一斉に二人を囲んだ。

橋口がおもむろに口を開いた。

「皆さんに大変な御心配をかけたと思います。本当に申し訳ありませんでした。遅くなりましたが、決して忘れていたわけではありません。こうなりましたことの経緯を御説明いたします」

と言うと、皆が膝を寄せてきた。

「ちょうど二年前、神門から比木に帰るときでした。福智王がしんみりとした顔で、私に話し始めたのです。『父上とドンタロウさん二人だけでどうして斬り死にしたのか、どんな意味があったのか、どうしても理解できなくて、ふつふつとしていたが、今度、神門の村人の心に接して、初めてその謎が解けたような気がします。この他人を疑おうともしない無垢な心を持った村人に触れて、禎嘉王は心から、本当にこの民を傷付けてはいけない、この民の平和を守るためならば自分の犠牲など、と必死だったのではないかと思いました。だから、私も禎嘉王に倣って、比木に帰りましたら、比木の方々が平和に暮らせるにはどうしたらいいのかを考えようと思っています』とおっしゃって、帰り着くとすぐに村々を回り、感謝の言葉をかけておりました。『自分は禎嘉王から学んだのだ。今からの生涯で、ありがとうという言葉をいかに多く言えたかが、その人の評価になる。そして、それがその国の平和を守れる』そうおっしゃっていました。その気持ちが村人に伝わったのでしょうか、福智王は、それはそれは村人に大事にされました」

　橋口の言葉を、誰もが身じろぎもしないで聴き入っていた。

「ところが、十月も過ぎたころでした。急な病に倒れてしまわれたのです。そうしたとき、枕辺に私を呼ばれて、おっしゃいました。『自分は、最初から神門の民との約束を反故にしてしまった。情けない。くれぐれも申し訳ないと謝っておいてください。神門の民にもう一度会いたかった。口惜しくてならない』と涙しておりました。そして、『私の最後のお願いを聞いてください。もしできることなら、一年に一度でいいですから、神門の民との約束どおり、私の魂を袋に包み、必ず神門に連れていって、禎嘉王と一緒になって、ドンタロウさんと神門の民にお礼に行ってほしいのです。そして、道々、蚊口浦、金ヶ浜、坪谷、伊佐賀の村々に寄って、お礼の言葉をお願いします。その言葉が続くかぎりは、この日向国の平和は続くと信じます』と、おっしゃって、息を引き取りました。それは優しい穏やかなお顔でした」

いつか橋口の言葉も震えていた。

一斉に嗚咽が漏れた。

「ありがとうございます。どうぞ、私たちは今からドンタロウさんにお参りにまいろうと思います」

そう言って、橋口が立ち上がると、誰もが一斉に神殿に向かって一礼すると、参拝殿を下りた。

どこで聞きつけたのか、参拝広場はすでに村人で埋まっていた。

その中を掻き分けるように、原田を先頭に七人衆が従い、その後を橋口を先頭にした比木の一行が歩き始めた。村人が後に従った。

やはり道は狭かった。二人が並ぶと曲がり道では肩がせり合うほどであった。

無言であった。

森の頂上に着き、ドンタロウ塚を半周した所にある祠（ほこら）の前に辿（たど）り着き、原田が膝（ひざ）を折り、一礼しようとしたときであった。

塚の真ん中ぐらいから、突然、けたたましい声を上げて雉（きじ）が飛び立った。

「おおう！」

一斉に一行の中から驚きと感動の声が上がった。

原田が祠に向かって、深々と頭を下げると、他の一行もそれに倣った。

そのときだった。原田の気持ちが一変した。心が晴れ晴れとなるのを覚えた。

〈そうか！　そうだったのか！〉

ドンタロウに感謝した。

〈このお方（かた）は、亡くなっても、他人（ひと）を教え導いてくれる凄（すご）い人だ！〉

ドンタロウ塚でのお参りが終わり、そこを下った原田は、拝殿広場に集まっている村人たちに向かって言った。

「皆さん、御安心ください。禎嘉王と福智王は、今頃、神殿の中でお二人安らかな気持ちになって、しみじみと語り合っていることでしょう。今までそれを、私は悲しく寂（さび）しいことのように思っていました。お気の毒とすら同情していました」

村人たちは、何を言い出したのかと、静まり返って、耳を澄ましていた。

森の梢のざわめきが聞こえるほど静かであった。

「しかし、それが大間違いであったことに初めて気がつきました。いいえ、ドンタロウさんに教えられたのです。先ほどのドンタロウ塚から、見事なほどの雉が飛び立ったとき、私は自分の頬を殴られたほどの衝撃を受けました。ドンタロウさんから、お前は何をしているのだと、叱られたのです」

そう言って、原田は深い息を吐いて、村人たちを見回した。

「そうなのです。禎嘉王も福智王も、今では神になっていたのです。単にひとりの人間として接してはいけなかったのです。お二人は、すでに神門大明神、比木大明神になりなのです。そして、お二人は、ドンタロウさんとひとつになって、この神門郷を、比木の里を、いいえ、この日向国の平和をお守りする大明神なのです。我々が、お二人のことを悩んではいけないのです」

村人たちの顔が少しほころんで来た。

「皆さん、比木の御一行は、明日には帰ろうとしています。いけません。皆で引き止めて下さい。お祭りをするのです」

村人たちの上に、喜びの声が上がった。

原田は続けた。

「お二人は、いつも村の発展と平和を望んでおりました。お二人は、特にこの村に活気があることを本当に喜んでいらっしゃいました。今こそ、我々はしょげ返ってばかりいてはいけないのです。かえって、罰(ばち)が当たります。ぼやぼやしてはいられないのです」

原田の言葉に、橋口が応えた。

「ありがとうございます。私たち比木の氏子(うじこ)は全員止(とど)まります。そして、そのお祭りに参加させてもらいます」

橋口の声に、村人たちの中から歓声が上がった。

四

翌朝から、七人衆の活躍が始まった。

参集広場に七人衆が集まり、村田(むらた)班、中邑(なかむら)班、小路(こうじ)班、海野(うみの)班が再度結成され、御神屋(みこうや)作り、神棚作り、御神屋屋根用の竹の集積、広場用の薪(まき)の集積、俄(にわか)神楽の準備として、昼休みもなく、動き回った。

参集広場の北側に、御神屋のための柱が立ち並び、その四方に横柱を渡して動かないようにがっちり止めると、神殿の裏から持ってきた竹の芝で仮屋根を作った。すると、すぐに正面に神棚が作られ、神殿から下ろしてきた銅鏡が並べられた。

広場の中央寄りの所には薪が積まれ、広場の端にはそれの追加用として薪が山をなしていた。

酒もふんだんに用意され、いつ祭りを開いてもいいように準備が整ったのは日暮れ近くであった。

村人が続々と集ってきた。

御神屋に火が灯（とも）ると、神棚で銅鏡がきらりと光った。

薪の山に火が点（つ）けられた。

御神屋の四隅には、氏子（うじこ）のための囲炉裏（いろり）も作られていた。

いよいよ祭りの始まりであった。

太鼓が御神屋の中で大きく鳴った。

と、神棚に向かって原田が一礼すると、神門（みかど）と比木の氏子が一斉に拝礼をした。

太鼓が一段と激しくなると、にわか作りの神楽が始まった。

至るところから、やんやの野次（やじ）が飛んだ。そのたびに、どっと歓声が上がった。

久しぶりの腹からの神門郷の歓声であった。

そうして夜は更（ふ）けていった。

また別れの朝が来た。

神殿から紙の袋に福智王の御霊（みたま）を入れて下ってきた原田と橋口が、参集広場に下りると、神門と比木の氏子に交じって、炊き出しに出て鍋釜（なべかま）を持った村の女たちも集まり、お互いの手を取り合って、別れを惜しんでいた。

だが、その顔は、まだ昨夜の興奮が残っているのか、どれも晴れ晴れとしていた。

「お別れですね……ありがとうございました」

「本当にありがとうございました。こんな楽しいことは生まれて初めてでした」

「こんな楽しいことが、次の年もずっと続いたらいいですね」

「続きますよ。来年だけではなく、十年先、いや、百年先だって続きますよ」

「いや、千年も、二千年も続きますよ。こんな全村民の心がひとつになることが終わるものですか！」

「そうよ、権力の世界に長続きするものはないけれど、平和を願う世界はずうっと続くのよ。きっと続くわよ」

そんな言葉を交わしていたが、別れが近づくと、女たちの中からすすり泣く声が聞こえて来た。

「駄目(だめ)よ。涙を見せては駄目よ！」

「だって、また一年逢えないんだもん！」

「そんな顔したら、比木の神さんが帰れなくなるじゃないの。そうだわ。その顔に、あなたの持っている鍋のヘグロを塗(ぬ)って、分からなくしたらいいわ。私も塗るわ」

そんな顔をした女たちを見た男たちが笑い始めたが、ふと見ると、比木の氏子の中に涙ぐんでいる者があった。それを見付けた女たちが、その氏子に駆(か)け寄ると、その頬にヘグロを塗り付けた。

もう笑えなかった。泣きもならなかった。

そうなると、氏子も村人もなかった。全員が泣き笑いながら、男女入り乱れて、顔にヘグロを塗り合った。

そして、別れる時が来た。

橋口を先頭にして比木の一行が動き出した。

それを見送る、原田を先頭にした神門の一行が続き、その後を神門郷の民が続いた。

井手内川(いでのうちがわ)を挟(はさ)んでの別れであった。

「おさらば……」

「おさらば……」

「また来年、逢いましょう……」

同じ言葉が何度も何度も神門盆地に木霊（こだま）した。

神門の空は、ますます晴れ渡っていく……。

「この祭りが続くかぎり、神門郷の民は、禎嘉王の理想とした平和で心豊かな暮らしが続けられるのではないだろうか？」

と、原田はひとり呟（つぶや）いた。


（終わり）

終章

こうして神門郷において、禎嘉王は村の守護神として『神門大明神』となって祀られ、ドンタロウさんはその禎嘉王の守護神として祀られるようになった。

一方、福智王は、比木において、父禎嘉王にならって村に尽くし、親孝行の模範としてあがめられ、『比木大明神』となって祀られるようになった。

そして、毎年、師走になると、福智王が袋神となって禎嘉王の下を訪れ、親子の対面をするという神事となり、神門と比木の宮司と氏子が、そのお二人の再会を祝して、神楽を奉納するようになった。

再び平和を取り戻した神門郷では、神になった禎嘉王は、永い年月、時代とともに、時には村人の守護神となり、時には商いの神となり、時には軍神となって崇められ、祀られた。

神門郷は、原田宮司を中心にして七人衆で守られ、その合議制の下に栄えていった。

祭りのたびに、市場が開かれ、そこは山の幸、海の幸で溢れ、到底山奥の山村とは想像もつかないほどの賑わいを見せた。山の幸は遠く椎葉村、諸塚村、その他の寒村からも運ばれ、海の幸は金ヶ浜だけでなく、遠く難波の商人からも運ばれ、賑わった。

その噂は噂を呼び、誰言うともなく、生前に禎嘉王が銅鏡を大切にしていたことの噂となり、武家階級だけでなく、商人までもが銅鏡を奉納して、その安全と繁盛を願った。そして、いつかその数は四十八面にも達したほどであった（なぜか現在は三十三面になっている）。

この神門郷が、これほどの山奥であるにもかかわらず、発展を遂げたのは、この村にはまるで偏見と差別がないところからきているのではないだろうか？　何のわだかまりもなく、来る人を受け入れ、同じ村人として認めてしまう。そこにこそ本当の平和が生まれるのではないだろうか？

日向国が平和の象徴として言われるようになった所以はここにあるのかもしれない。

その証拠に、この「師走祭」が歴史始まって以来、飛鳥時代から明治、大正、昭和、平成、令和となっても止まることなく千三百年以上も続いていることである。

この無辜の民が、この祭りを絶やすことなく守り続けるかぎりは、この神門郷の、そして日向国の平和は続くのではないだろうか？

飛鳥時代の大和朝廷系図

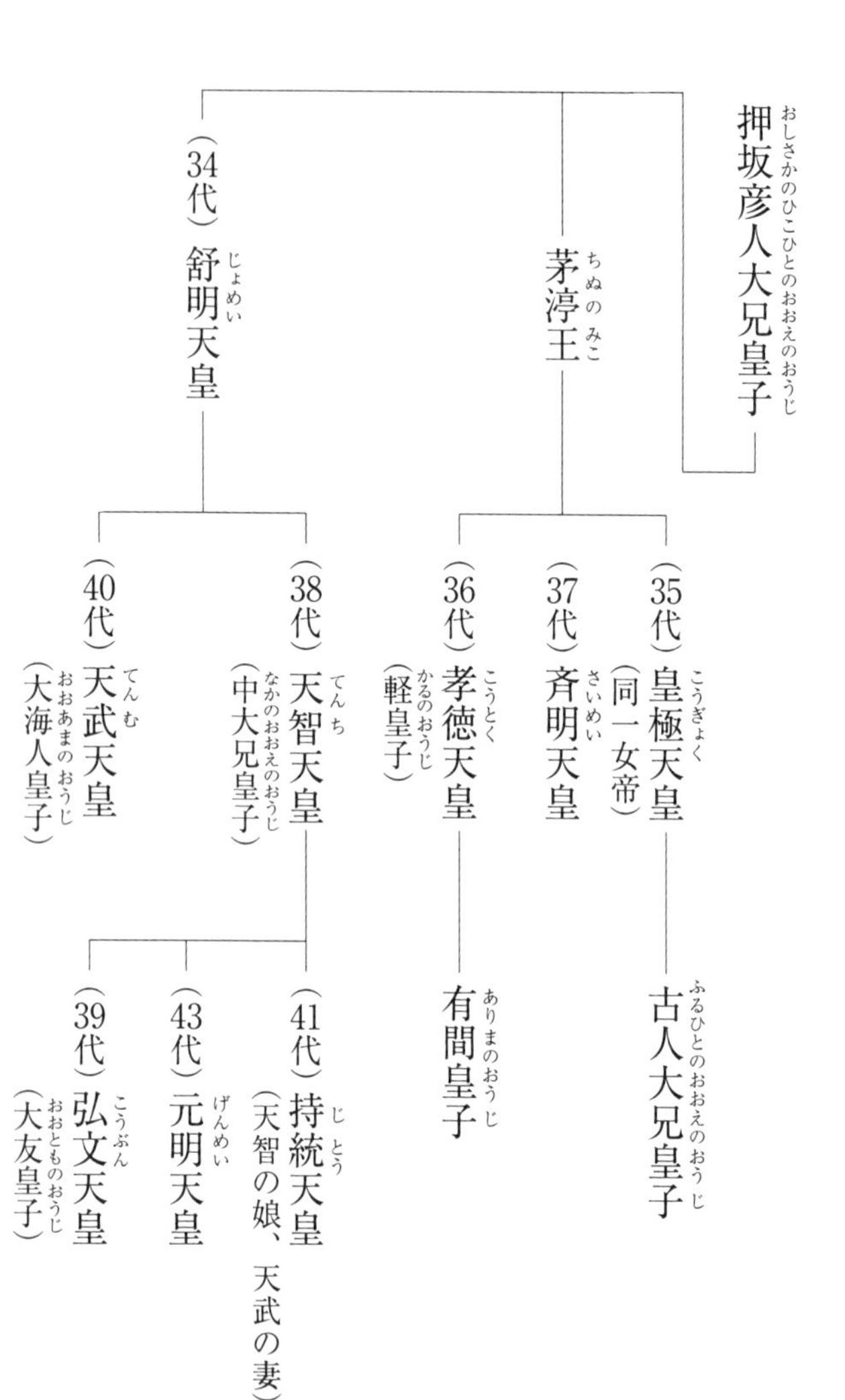

蘇我馬子（そがのうまこ）――蝦夷（えみし）――入鹿（いるか）

中臣鎌足（なかとみのかまたり）（天智天皇の重臣、後（のち）の藤原）

答㶱春初（とうほんしゅんそ）（大友皇子の教育係）

沙宅紹明（さたくしょうみょう）

百済王（くだらおう）伝説

禎嘉王（ていかおう）（神門大明神（みかどだいみょうじん））――之伎野（しぎの）（妻）

- 福智王（ふくちおう）（長男）（比木（ひき）大明神）
- 華智王（かちおう）（次男）

益見太郎（ますみたろう）（ドンタロウ。神門郷の長（おさ））

穂積将軍（ほづみしょうぐん）（追討軍の将軍）

【付記】

この師走祭の詳細について興味のある方は、故・土田芳美先生の『神門物語』を御一読くださいましたら幸いです。

なお、この物語はフィクションであり、登場する人物、団体名、地名等は現存するものとは何の関係もありません。

〔参考文献〕

『南郷村史』南郷村史編集委員会　一九七二年
『神門物語』南郷村文化協会（代表　土田芳美）一九八三年
『百済王族伝説の謎』三一書房　一九九八年
『大系　日本の歴史（3　古代国家の歩み）』小学館　一九八八年
『日本書紀（下）』講談社　一九八八年

あとがき

私の故郷は最高です！

私はいつもそう思って生きてきました。この故郷『神門』があったから、私は生きてこられたと言っても過言ではありません。そんな故郷にいつかは恩返しができないものかと常々思っていました。

そんな時でした。美郷町のある方から、この村に伝わる『百済王伝説』を小説にしてくれないかとのお話をいただいたのですが、最初はお断りしました。それは余りにも恐れ多いことだったからです。しかも私の筆力では到底無理と思ったからです。しかし、私の故郷への想いが勝りました。私の小説が少しでも美郷町の御恩に報いることができるなら、稚拙でもいいではないかという気持ちになり、ペンを執りました。

本当に稚拙です。美郷町の皆さんにも、百済王にも申し訳ないと思います。でも、故郷を思う気持ちは誰にも負けない気持ちで書いた積りです。その気持ちだけでどうぞお許しください。

そして、この小説を読まれた方で、もし興味が湧きましたら、是非とも、千三百年続いた『百済王伝説』の『師走祭り』に参加してください。私の筆力では表現できないほどの魅力に溢れた御祭りに触れることができると思います。

そして、この御祭りは、日本と韓国がいかに太古の時代から親密な関係であったかを感じさせてくれる行事でもあることが分かっていただいたらこれ以上の幸せはありません。

最後に、この本の出版にあたり、美郷町の田中町長、藤本副町長をはじめ、町民の方々、出版社の鉱脈社の方々の多大なご尽力をいただき、深く感謝いたします。

ありがとうございました。

令和五年六月

[著者略歴]

今小路　勝則（いまこうじ　かつのり）

本名　小路　勝則
1942年 宮崎県東臼杵郡南郷村に生まれる。
1961年 宮崎県立延岡工業高校を卒業。
宮崎県東臼杵郡美郷町在住

著書に『深い霧の郷』(1998年 鉱脈社刊)
『風蝕 続・深い霧の郷』(2002年 鉱脈社刊) がある。

秘帖 百済王伝説

飛鳥から日向国神門郷へ

二〇二三年七月六日　初版印刷
二〇二三年八月四日　初版発行

著者　今小路勝則

発行者　宮崎県美郷町
〒八八三-一一〇一
宮崎県美郷町西郷田代一番地

発行所　鉱　脈　社
〒八八〇-八五五一
宮崎県宮崎市田代町二六三番地
電話　〇九八五-二五-一七五八
郵便振替　〇二〇七〇-七-二三六七

印刷　有限会社　鉱　脈　社
製本　日宝綜合製本株式会社